官商鬥法
第二輯
之3
政治大角力
炮
相

目錄 CONTENTS

第一章

春江水暖鴨先知

雖然傅華答應不會把這個消息外洩，但是金達心裏清楚，
這世界上總有一些消息靈通的人士，能夠春江水暖鴨先知，早別人先知道消息。
因此寄希望於能夠保密而不讓海川重機的工人們不知道，
金達知道是很不切實際的。

傅華就回到駐京辦，開始想這件事情是要跟孫守義彙報好呢，還是跟金達彙報好呢？按說應該首先彙報給孫守義，孫守義算是駐京辦的分管領導，先彙報給孫守義比較合乎順序。可是孫守義剛接手常務副市長這個職務不久，有些事情還沒插手，海川重機的事情他就從來沒問過。

這件事情原來是穆廣和金達在管的，穆廣出事之後，一直在關心這件事的人就是金達了。可是直接彙報給金達吧，傅華又怕金達轉過頭來還是要跟孫守義說這件事，那樣子孫守義就會因爲自己事先沒彙報而吃味，認爲他是在越級彙報。

這就是做下屬的難處，有時候雖然是一件看上去不起眼的事，你卻必須要腦筋裏多一根弦，遇事多想一想，否則一旦哪個小地方沒想到，就可能把領導給得罪了。這對傅華來說，已經有過慘痛教訓的了，他不得不更加小心一點。

可能在一般人看來，這麼做有點囉嗦，太注重細節了，但是，細節卻是決定一件事或一個人成敗的關鍵。官場上有一種做事的方法叫做舉輕若重，說的就是這個意思。越是細小的事情，越是要慎重的處理。

想來想去，傅華覺得還是應該先跟孫守義彙報一下比較好。

孫守義聽完了傅華轉述談紅的說法，停了一會兒，然後說：「海川重機這件事，金達市長跟我聊過一點，原本我還以爲只需要等重組案審批通過就行了，因此也沒在意。」

原來金達跟孫守義說過這件事，傅華心裏暗自慶幸，幸好沒有越過孫守義直接跟金達彙報。

孫守義繼續說道：「現在這個利得集團怎麼會突然想要退出了呢？」

傅華說：「利得集團當初之所以要重組海川重機，主要是想借殼上市，現在重組方案遲遲不能通過審批，他們已經失去耐心了。」

孫守義問：「那就不能再爭取一下，趕緊讓這個重組方案通過嗎？」

領導慣有的思維，通常是跟下屬說你再盡力爭取一下，也許能夠爭取下來，可是往往這種需要再爭取一下的事，基本上都是無望的；可是領導說要爭取，下屬也不好說不，注定又是一番折騰。

傅華早已知道是沒有希望了，便不想再被指使著跑來跑去，就說：「我能夠努力的地方都努力過了，真的是不行，很抱歉，孫副市長。」

孫守義因爲也就聽金達簡單跟他說過一次，對這件事還不是很瞭解，何況他現在還有別的事要忙，不太想插手這件事情，便說道：「這件事好像一直是金達市長在管的，你把情況跟他說一下吧。」

傅華說：「行，那我馬上跟金市長彙報。」

孫守義說：「那好，就這樣吧。」

傅華又說：「孫副市長，我還有一件事情要跟您報告，不知道您聽說了沒有，麥局長出事了。」

孫守義笑說：「這件事你也知道了啊？看來駐京辦的消息還挺靈通的。」

傅華從孫守義語氣中聽出了一絲竊喜，看來這件事果然與孫守義有些關係，他便笑笑說：「這種趣事自然有朋友會跟我說的。」

孫守義裝糊塗說：「真是想不到啊，麥局長一副道貌岸然的模樣，私底下竟然這麼風流。也不知道他得罪了什麼人，被人家把照片傳播的到處都是。」

傅華心裏暗道，孫守義這句話就有點欲蓋彌彰了，別人不知道，傅華可是知道他在打什麼算盤。他並沒戳破，只是說：「看來麥局長的日子這下子難過了。」

孫守義有些得意地說：「豈止是難過，簡直都成熱鍋上的螞蟻了，公安局裏一片譁然，家裏則是打成一片，他已經請假，出國去避風頭了。」

傅華說：「不知道市裏這一次準備拿麥局長怎麼辦？」

孫守義說：「這就難說了，常委會還沒研究這件事情。不過不管怎麼樣，處分是一定會有的。」

看來麥局長是難逃這一劫了，傅華多少有點爲麥局長難過，這一切的發生，都是因爲麥局長是孫守義升官途中的絆腳石，因此他必須被搬開。

雖然傅華不是第一次見過這種官場博弈的殘酷，可是還是覺得有些於心不忍。結束跟孫守義的通話，傅華就打電話給金達。

金達聽完之後，也覺得有些愕然，說：「我前兩天還想讓利得集團拿點錢出來安撫一下海川重機的工人們呢，沒想到利得集團卻想打退堂鼓了？」

傅華說：「市長，是不是海川重機情況很不好啊？」

金達嘆了口氣，說：「自然是很不好了，工廠又有好幾個月沒發工資了，再拖下去，估計市政府的大門又要被圍住了。」

傅華問：「那利得集團這邊，我們要怎麼答覆啊？」

金達說：「能怎麼答覆啊？我們不同意他們出售股份，難道他們就不會出售了嗎？再說，就算股份他們不能出售，對海川重機來說也是無濟於事。我們需要的是海川重機能重新活過來，能夠賺錢養活那一大幫工人，並不是搞個什麼公司來持有他們的股份。算了，天要下雨，娘要嫁人，這是我們干涉不了的，他們要出售，就讓他們出售吧。」

傅華便問：「那市裏面沒有要回購股份的意思嗎？或者，海川沒有什麼企業對海川重機有興趣的嗎？我覺得最好是我們自己內部能把這個問題給解決了。」

金達苦笑說：「你當我不希望內部就把問題解決了嗎？誰的孩子誰疼，海川重機是我們海川的企業，我們自己能解決當然是最好的。可是你我都瞭解這家企業，那根本就是一個無底洞，如果讓另外一家企業重組，說不定那家企業也會被拖進泥沼中的。」

金達說的是實話，不能因爲不想看到海川重機破產，就強迫別的海川企業來併購海川重機，國內已經有不少這樣子的例子，實際經驗證明，這種重組並不成功。

傅華煩惱地說：「那我怎麼去答覆頂峰證券啊？」

金達說：「你先別急著答覆，這件事我一個人不好決定，等回頭我們開個常務會研究一下再說吧。」

傅華只好說：「那好吧。」

金達交代說：「不管怎麼樣，利得集團既然已經提出要退出，恐怕這件事也攔不住了，現在的關鍵就在怎麼找一家企業來接手。我在海川這邊會留意有沒有企業有這個意思，傅華啊，你也別閒著，發動一下你在北京的關係，看看有沒有人有這個意願的。」

傅華說：「我會留意的。」

金達頭痛地說：「這下子又要重新給海川重機想對策了，真是頭大，最近的事情這麼多，利得集團偏偏在這個時候湊什麼熱鬧啊？對了傅華，這件事你千萬要保密，不要外傳，否則事情就麻煩了。現在有利得集團在那裏撐著，工人們還有點指望在，如果這點指望都沒有了，估計他們馬上就會衝到市政府來的。」

傅華明白這裏面的利害關係，利得如果宣布撤出，工人們失望之下，還不把全部的怨恨都發洩到市政府身上啊？便說：「放心，這件事我不會跟別人講的。」

掛了電話之後，金達有些發起愁來，最近這段時間確實是事情都湊到一塊去了。先是舊城改造項目招標的事，因爲張琳突然插手，中斷了市政府跟中天集團的合作談判，使對此一直主持工作的孫守義很不滿，還特別回北京待了一段時間。

雖然孫守義已經從北京回來了，可是對這項工作表現的很不積極。金達只好親自上陣，督促有關部門儘快拿出招標方案來。

這件事情已經夠煩的了，沒想到公安局麥局長恰恰在這個時候又傳出了醜聞，海川政壇頓時沸騰了起來。本來就有很多人對政府很有怨氣，這給了他們一個發洩的窗口，線民紛紛發帖，嘲笑海川市政府，什麼惡毒的話都有。

事情還並不僅止於此，警花的丈夫和公公也找上門來，要求市政府嚴肅處理麥局長。警花的公公是人大的副主任，在海川政壇多少有些影響力，金達不好搪塞，只能儘量安撫，答應會跟張琳商量怎麼處理麥局長。

現在麥局長的事情還沒有擺平，又冒出個海川重機重組失敗的事來，真是一波未平，一波又起啊。

雖然傅華答應不會把這個消息外洩，但是金達心裏清楚，這世界上總有一些消息靈通的人士，能夠春江水暖鴨先知，早別人先知道消息。因此寄希望於能夠保密而不讓海川重機的工人們不知道，金達知道是很不切實際的。

因而現在的當務之急，就是趕緊找出應對措施來，想辦法在工人們沒有鬧事之前，先把事態平息下去。因此，金達覺得有必要在開市政府常務會議之前跟孫守義商量一下，看看是否能商量出個好辦法來。

孫守義很快就過來了，金達讓他坐下之後，說：「老孫，傅華跟你說過海川重機重組擱淺的消息了吧？」

孫守義點了點頭：「他跟我彙報過了，我對這件事的情況不熟，所以我讓他找您彙報。」

金達說：「這件事以前是穆副市長分管的，他出事之後，就由我暫管。我把情況大致跟你說一下吧。」

金達就大致說明了海川重機的重組始末，之後，他看了看孫守義，說：「老孫，你看這件事下一步該怎麼辦呢？」

孫守義說：「還能怎麼辦呢？我個人覺得既然利得集團想要退出，那就再找一家來接手就是了。」

金達苦笑了一下，說：「事情能那麼簡單就好了，現在問題不是誰能接手海川重機，而是海川重機工人們的吃飯問題，他們已經幾個月沒發工資了，如果再知道重組擱淺，還不馬上就把市政府給包圍了？工人們依賴政府慣了，有什麼事情就會來跟政府鬧的。」

孫守義想了想說：「實在不行的話，我看乾脆直接讓企業破產算了。」

金達心說：這傢伙真是夠狠的，一句話就準備宣判這家企業的死刑了。

金達考慮了一下說：「老孫，現在先不要考慮破產的事，那不是一天兩天就能解決掉的，我們現在的當務之急，是如何安撫海川重機的工人們，我相信重組擱淺的消息很快就會傳出去的，如果我們拿不出什麼安撫的方案，那就被動了。」

「要安撫住也很簡單，想辦法籌點錢，給他們發工資就好了。」孫守義說。

金達點點頭說：「是啊，錢發了，就沒人來鬧了。不過錢從哪裡來啊？市裏面的財政狀況你和我都很清楚，丁是丁，卯是卯的，連周轉的餘地都沒有啊。」

孫守義說：「錢的方面我倒是有辦法解決，只是需要金市長的支持。」

金達看了一眼孫守義，說：「你想怎麼解決？」

孫守義說：「我大致查了一下，有不少房產企業欠繳土地轉讓金，還有不少稅金沒交上來，這些欠款催繳一下，應該能有不少的進賬，應付海川重機的情況應該沒問題的。」

金達遲疑了一下，他覺得孫守義提出這個方案似乎有特定的針對目標，是不是孫守義想對付哪家企業啊？

金達說：「老孫，欠繳的土地轉讓金以及稅款，這可能有點複雜啊，要動到這個，恐怕要得罪人的。」

金達說的沒有錯，能夠欠政府錢的公司，都是有一定實力的公司；當初能夠拖欠，往往就是因爲某個領導幫這家公司說過話的。

孫守義笑笑說：「得罪人我倒是不怕，我怕的是到時候自己人在背後捅刀子。」

原來孫守義還是對中斷跟中天集團的談判耿耿於懷啊！金達臉有點僵硬，中斷談判的事，他是站在張琳一邊的，某種程度上也算是背後捅了孫守義一刀。

金達看了孫守義一眼，心想這傢伙還挺記仇的，金達很懷疑最近麥局長鬧的這齣醜聞是孫守義在背後搞的鬼。

金達知道麥局長的爲人，曉得他不是那種在官場上處處樹敵的人，能把事情鬧得這麼大，一定是跟麥局長之間有很大的嫌隙，算來算去，非要置麥局長於死地，要搞掉麥局長的，嫌疑人只有一個，那就是孫守義。

雖然事發的時候，孫守義人恰好在北京，這讓金達有些不敢肯定事情一定是孫守義做的。不過金達對孫守義這種記仇的性格心中有了警惕，他不知道孫守義在怨恨張琳的同時，會不會也在怨恨自己呢？

金達略顯尷尬地說：「老孫，中天集團的事，我也是迫不得已的，這個你應該能諒解吧？」

孫守義知道金達是懷疑他要針對城邑集團下手，於是說：「金市長，你誤會了，我沒有要爲中天集團的事找場子的意思，我是說，我這次如果出面搞催繳工作，本就是得罪人的事，所以需要一個堅強的後盾罷了。」

金達趕忙表態說：「這你就放心吧，只要是正當的催繳活動，我是不會不支持的。」

孫守義暗自欣喜，他繞了半天圈子，就在等金達這句話，他要把金達逼到牆角裏去，這樣到時候他下手對付束濤的城邑集團時，就算找金達說情，金達已經有話在前了，就不好再跟自己說什麼啦。

孫守義便笑笑說：「有金市長您的支持，我就好展開下面的工作了。」

不知怎麼的，金達看孫守義笑得那麼開心，隱約覺得自己似乎中了他的什麼圈套。

不過金達很快打消了這個念頭，孫守義能夠從大局出發，不顧個人利益，主動做這些得罪人的事情，應該得到尊重，而非懷疑。況且利得集團準備出售股份的事，他還沒跟孫守義達成一定的共識呢。

金達問道：「老孫，你覺得利得集團要退出，我們市政府要不要把股份買回來啊？」

孫守義說：「買回來幹什麼？海川重機這個爛攤子既然賣出去了，我們再買回來，豈不是自找麻煩？」

「這方面我跟你的意見一致。」金達說。

孫守義說：「傅華跟我彙報的時候，我就想了這個問題，我個人認爲，是可以允許利得集團轉讓股份的，不過呢，轉讓之前，受讓方必須得到我們市政府認可，否則的話，利得集團若是把海川重機轉讓給沒有什麼實力的公司，那最終的麻煩就變成我們的啦。」

金達連連點頭說：「對對，我也是顧慮這一點。利得集團已經把我們市政府折騰的不輕了，不能再讓他們找一家不像樣的公司繼續折騰我們。所以我覺得這件事要分三條路，一條呢，是由利得集團方面去找買家；一條呢，我們市政府也要發動起來尋找買家；最後一條就是讓駐京辦也動員起來，全力幫海川重機找一個好的買主。」

孫守義點點頭，說：「金市長您的思路太對了，我覺得利得集團就算要出售股份，也不能馬上就辦到，這給了我們充足的時間，我們可以好好爲海川重機找一個徹底的解決方案。不能再像這次這樣，折騰了半天，市政府跟著貼了不少錢，問題還是回到了原點。」

金達點點頭，說：「是啊，老孫，這一點我們又想到一塊去了，到時候我們一定要把好關，確保不再出現像利得集團這樣濫竽充數的了。」

孫守義附和說：「是啊，這次要提醒傅華，再有像利得集團這樣子的，千萬不要領回市裏面來。」

「這也不能怪傅華，他爲重組也出了不少力，只是天不遂人願罷了。老孫啊，你對這次麥局長的醜聞是怎麼看呢？」金達不禁說道。

金達到底忍不住了，想要試探一下孫守義，看看孫守義在這件事情中，究竟是扮演了一個什麼樣的角色。

孫守義看了金達一眼，說：「金市長，您知道我跟麥局長之間有矛盾，您如果要問我對這件事是不是有點幸災樂禍，我可以坦誠的告訴您，還真是有點。至於別的方面，我就不方便表達什麼意見了吧？我覺得這個時候我說什麼都是不對的。」

孫守義說的十分坦率，這個答案金達很欣賞，換了他處在孫守義的位置上，如果對頭出了問題，他心裏也會竊喜的。孫守義的確不太好表態，支持麥局長吧，別人會說他惺惺作態；可是批評麥局長吧，別人又會說他落井下石。反正怎麼說都會是錯的。

金達心理上有點傾向認爲這件事也許不是孫守義搞出來的了。不過，若不是孫守義，又會是誰呢？這個謎還真是不好猜啊。他忍不住說：「這件事你不好表態倒是真的，那你覺得這事究竟是誰搞出來的呢？」

孫守義推脫說：「這我就沒更辦法講了，我來海川不久，什麼都還不熟悉，我怎麼知道誰會搞出這件事情來啊？不過，現在我覺得誰搞出來的不重要，關鍵是照片上的內容是否是真的，如果是真的，上面就應該有個態度。這可不是針對麥局長，而是按照常規來說，上面應該要有個態度的，不然我們對海川的老百姓沒辦法交代。」

金達點點頭說：「那張照片應該不會有假，那個表情和樣子根本就是麥局長沒錯了，電腦是做不出這麼真實的合成圖的。我也覺得上面應該有個態度，可是張書記一直沒什麼表示，我也就不好說什麼了。」

孫守義心裏咯登了一下，他事先並沒有考慮到張琳會是這個態度，難道麥局長跟張書記之間有很深的利益關係，即使事情都鬧到這個地步了，張書記還是不放棄他嗎？這可有點麻煩了。

他想搞清楚張琳的真實態度，於是問：「難道張書記想要保他？」

金達搖了搖頭，說：「張書記並沒有說一定要保他，他還在猶豫當中。不過呢，這一次麥局長鬧得真是太不像話了，據說那個女警花嫁給人大戴主任的兒子，還是他給做的媒呢，戴主任為此氣得差一點住了院，大罵麥局長不是東西；還特別到我這兒和張書記那裏，強烈要求懲處麥局長，不然的話，他要把麥局長的事拿到省裏面，讓省委書記給評評理。張書記自然不想把人丟到省裏去，估計還是會拿掉麥局長的。」

孫守義笑笑說：「這還猶豫什麼啊，越猶豫，事情就會越麻煩的。真是搞不懂張書記這個人，這麼點魄力都沒有嗎？」

金達趕忙說：「可別這麼說，張書記是在權衡大局，他是我們這個班子的大班長，做什麼事情是需要多考慮一點的。」

孫守義看了金達一眼，他多少能看出來金達說這句話有些言不由衷，便笑笑沒說話。

轉天在市政府的常務會議上，金達將利得集團想要退出海川重機的事提了出來，要求大家討論下一步市裏面該如何做。

討論的結果，基本上就是如金達和孫守義事先商量好的方案，金達對此很滿意，正想就此結束這個話題時，孫守義講話了：

「既然市裏面決定要籌措一筆資金給海川重機應急，以目前市府財政的資金狀況，要想一下子抽出這麼一筆資金來是有些困難的。但這不是說市府財政沒有錢，而是有很多錢沒有收上來。鑑於這種狀況，我建議市政府發出緊急催繳的通知，讓那些欠繳的企業趕緊將相關錢款繳納上來。金市長您看怎麼樣？」

金達事先已經答應孫守義會支持他了，便點點頭說：「我覺得這樣辦很好。老孫，你分管財政，催繳的工作就由你來負責吧。」

孫守義爽快地說：「行，就由我負責吧。不過呢，我有一個要求。」

金達愣了一下，他沒想到孫守義這時候會提出什麼附帶條件，這可是事先溝通時沒有的。不過他也不好不讓孫守義說下去，便說：「老孫啊，什麼條件啊？說來聽聽。」

孫守義笑笑說：「其實也是爲了催繳欠款的事。您也知道，現在這些企業，給他們錢的時候是歡天喜地的，一旦讓他們往外掏錢時，他們態度就會大逆轉了，能賴就賴。所以我想，最好是能夠設定一個懲罰措施，讓那些有錢不交的企業不得不主動把欠款交上來。您說是吧，金市長？」

金達嗅到了詭計的味道，他看了一眼孫守義，很懷疑孫守義在這其中設有什麼圈套，不過話都說到這裏了，也不得不順著往下說，便鎮定的說：「是啊，是應該設一個懲罰措施，不然光空口白話的催繳，沒人會當一回事的。只是這個懲罰措施要怎麼設定才好呢？」

孫守義笑笑說：「我查看了一下，在欠繳財政資金這一塊，主要都是些房地產公司，我建議，是不是可以這樣規定，不能繳清欠資的企業，今後不能參加市裏的工程項目招標。我相信這樣規定之後，那些企業肯定馬上就會將欠繳的資金交上來了。」

孫守義說到這裏，金達心裏一下子恍然了，原來繞了半天圈子，孫守義的目的在這裏啊，這傢伙還真是狡猾啊。不過這法子本身卻還是不錯的，只有這樣才能督促那些財大氣粗的房產開發企業儘快將欠繳資金上繳。

可是，這麼做有沒有什麼弊端呢？金達在心中開始衡量利弊得失。

還沒等他衡量出個什麼結果來，便有人坐不住了，一位姓劉的副市長首先跳了出來，說：「孫副市長，這麼做不好吧？這樣會讓很多企業資金鏈繃緊的，這對那些企業的發展很不利，有點像在殺雞取卵了。」

金達看了一眼劉副市長，這個劉副市長是分管城建的，跟不少開發商走得很近，孫守義建議的懲罰措施如果真的執行的話，第一個受難的就是那些欠繳的開發商們，劉副市長跟著著急也是自然的。

孫守義看有人跳出來反對，這都是在他預期之中，因此並沒有十分的在意，他笑了笑說：「劉副市長，這怎麼是殺雞取卵呢？這本來就是企業應繳的稅金，我們只不過讓他們去做應做的事情啊，這沒有什麼不對的吧？」

劉副市長說：「可是我們也要清楚，這些企業資金並不寬裕，市裏如果這麼做的話，可能會讓企業一下子陷入困境，這也不是我們想看到的吧？」

孫守義反駁說：「劉副市長，你是不是搞錯了，我們是一級政府，並不是這些企業的保姆，這些企業也不是什麼國有企業，他們應該爲公司經營負責。難道說只要企業有困難，政府的錢就可以不用付了？如果是這樣子的話，那也不用催繳了，乾脆免掉他們的債務算了。」

劉副市長說：「那我們也不能看著企業陷入困境而不管啊？企業和政府是相輔相成的，企業都陷入了困境，政府也不會好過到哪裡去。」

孫守義冷笑了一下，說：「你這個帽子扣的太大了吧？難道說我們海川的企業不欠政府的錢，就得全部倒閉了嗎？金市長，如果真是這樣的話，這些欠繳的錢我們就不能催繳了，您看怎麼辦好呢？」

金達看了看孫守義和劉副市長，他心裏很清楚孫守義設這個局是爲了什麼，但是不管怎麼樣，孫守義設定的這個懲罰措施的確能夠起到立竿見影的作用。

他就任海川市長以來，一直在爲企業欠稅的事而煩惱，也動過腦筋想要催繳，可是每每都會遇到很大的阻力。現在不管孫守義是基於什麼樣的目的，他提出的方案是可行的，而且有他衝在第一線，他這個做市長的也可以減輕很多壓力。因此在這方面，他和孫守義雖然目的不一致，但是利益是一致的。

他覺得自己應該支持孫守義。至於孫守義會不會因此跟某些人衝突起來，這並不是他考慮的範圍。金達便笑了笑，對劉副市長說：

「老劉啊，你的說法也太聳人聽聞了吧？我們市政府希望企業興旺發達不假，但是也不能太嬌寵他們，那些不斷需要政府資金餵養的企業，是永遠長不大的。我個人覺得老孫提出來的方案是正確的，是需要給那些企業制定一些懲罰措施，逼他們將該交的欠款交上來了。」

金達表了態，劉副市長也就不好再反對下去了，於是會議便通過了將這一條懲罰措施寫進催繳的通知之中。

孫守義見達到了目的，心裏鬆了口氣。

正如金達猜想的那樣，孫守義要把欠繳的企業排除在市政府工程項目招標之外，還真是直接針對束濤的城邑集團的。不過這一切是孫守義順勢而爲，而非事先設定好的。孫守義還沒有那麼神機妙算，會知道海川重機重組剛好在這個時候擱淺，甚至在傅華跟他彙報海川重機重組擱淺的事時，他也還沒有把這件事跟束濤的城邑集團聯繫起來。

真正讓孫守義把兩者聯繫起來的，是在金達說要想辦法安撫海川重機工人的時候，這時孫守義才意識到自己可以借助這個機會來教訓束濤一把。

從北京回來後，他馬上就調查了城邑集團的資料，發現城邑集團並不像外面傳說的那樣富得流油。城邑集團有點錢不假，可是外面的負債也不少，其中就包括不少欠繳的土地轉讓金。孫守義相信，如果去城邑集團查稅的話，一定還能查出不少的問題。

明白這一點，孫守義馬上就知道該如何去對付城邑集團了，就是催繳他們的稅金和土地轉讓金。如果能把這些錢全部催交上來的話，就算不能讓城邑集團元氣大傷，起碼也會讓他們實力受損，這樣在接下來的舊城改造項目上，他們參與競標的能力就大大降低了。

但只做到這一步還遠遠不夠，僅僅是催繳，城邑集團可能還是採取以往拖延的戰術，找個有關領導來說情，繼續拖欠著稅金，實力絲毫無損，這個局就還沒做死。這肯定不行。所以孫守義才想到了懲罰措施這一條，如果能把這一條措施確立起來，就算是束濤找人說情不交清拖欠款，也不能參與投標。如此一來，束濤勢必只有把欠款給繳清。

下一步則是對城邑集團進行全面的清查，只要找到一點問題，他就有機會把問題放大，嚴厲查處，城邑集團將會疲於應付相關部門的調查，是否還有能力和精力參與舊城改造項目，恐怕就很難說了。

想到這些，孫守義心中不禁暗自冷笑，這個束濤也不知道是怎麼想的，怎麼會想到要跟一個常務副市長作對呢？他以爲憑藉市委書記的權力就可以壓服自己嗎？這真是再幼稚不過的想法了。

現官不如現管，就算張琳這個市委書記權力比自己大一些，也不可能處處都能維護到你啊。很多方面你還是需要經過自己這個常務副市長手的，想要卡死你，真是再容易不過了。而且束濤這麼做，也得罪了金達，也正因爲如此，金達對自己設局要去整束濤，採取了一個默許的態度。他猜測金達支持自己是揣著明白裝糊塗。甚至更可能金達是想讓自己跟張琳鷸蚌相爭，他好漁翁得利。

現在對孫守義來說，金達就算是想做漁翁，他也無所謂。起碼那樣子金達就不會跟張琳站在同一陣線了。他現在要對付一個就已經很吃力了，因此樂見金達袖手旁觀。

第二章

卡位戰

這不是一種好的跡象，于捷跟金達算是競爭對手，
如果張琳和于捷形成某種默契的話，那在市委書記的卡位戰上，
于捷就等於佔據了先機，因為將來張琳肯定會推薦于捷為接班人，
等於是于捷已經先下一城了。

常務會上通過之後，孫守義就安排有關部門下發催繳通知，並要求在催繳通知上特別注明了那一條懲罰條款，限期有關企業清繳欠市財政的錢。

天和房產也收到了催繳通知書，如果是以往，這筆錢不算什麼，可是目前天和的狀況不佳，這筆錢對丁益來說，要拿出來確實有些困難。

丁益便打電話給傅華，說接到市政府的通知，要他們清繳前市財政的的錢。

情況講完後，丁益問道：「傅哥，你說我如果去找孫副市長，能不能把這筆錢緩交一下啊？」

傅華遲疑了一下，按說孫守義已經伸出橄欖枝來，要跟丁家父子交好，這件事丁益如果找上門去求孫守義，估計孫守義應該會幫這個忙的。不過，市財政爲什麼會突然催繳欠款呢？這件事情的來龍去脈要先搞清楚，市裏面這麼做的目的不搞清楚，就很難搞清孫守義在其中能不能幫上忙。

傅華便問道：「丁益，你知不知道市裏面爲什麼會突然想要催繳欠款？」

丁益說：「據說是因爲海川重機重組擱淺，市裏面要籌備一筆資金給海川重機的工人發工資，也是安撫那些工人的意思，怕他們到時候鬧事。」

這個聽來倒沒什麼問題，市政府想要籌措一筆錢出來防止工人鬧事，這也是常理中的事情。傅華覺得這些是沒問題的。

傅華覺得可以讓丁益去找孫守義，就說：「我覺得你去找孫副市長的話，應該問題不大吧？誒，通知上是怎麼說的？」

丁益就講了通知的內容，當然也包括那條競標的懲罰條款。

傅華聽完後，頓了一下，這個特別設定的懲罰條款讓他感覺不太對勁，他說：「丁益，你說通知上說如果不能按期清繳欠款，今後就不能參與市政項目的競標了？」

丁益說：「對啊，就是因爲有這一條，才讓我們天和感到爲難，我們也怕以後失去市政項目的競標權。」

傅華又問：「那你知不知道這次催繳欠款是由哪個領導主抓的？」

丁益說：「據說是由孫副市長分管的，而且這條懲罰條款也是孫副市長堅持要加上去的，所以我才想問問你，我去找他行不行？」

原來是孫守義在抓這個催繳啊，事情好像不是那麼簡單，傅華想了想說：「丁益啊，這筆錢你們天和房地產拿不出來嗎？」

丁益坦承說：「那倒也不是，但如果一下子湊出來的話，我們公司的資金狀況就會很緊張。」

傅華說：「既然你們能拿得出來，那就不要去找孫副市長了，我看你還是想辦法把這筆錢儘快湊出來，給送過去吧。」

丁益愣了一下，說：「傅哥，你是說孫副市長在這件事情上幫不了我們的忙嗎？」

傅華說：「他不是幫不了你們，而是不能幫你們。這件事情既然是孫副市長主導的，如果他給你們開了口子，那他怎麼再去跟別人催繳啊？這個口子他絕對是不能開的。」

傅華很清楚孫守義從到海川的那一天起，就想要做出點成績來，因此才會動作不斷，丁益的事，孫守義是絕對不會答應的，答應的話，就是孫守義自毀長城啦。

丁益沮喪地說：「這倒也是啊。」

傅華勸說：「如果能力夠的話，還是儘快把錢交了才對，這樣子也表示你們支持市政府的工作，也是幫了孫副市長的忙。」

丁益說：「這樣子啊？錢真要湊，還是能湊得出來的，不過呢……」

傅華說：「別什麼不過了，我跟你講，在這件事上積極一點，孫副市長不會讓你們吃虧的。」

丁益想了想，下定決心說：「行，正好我家老爺子想說空手去見孫副市長不太好意思，我把這筆錢儘快交上去，就等於給孫副市長一個見面禮了。」

傅華笑笑說：「這個想法是對的，什麼禮物能比支持他的工作還好呢？」

丁益點點頭說：「那我就去安排了。」

傅華跟丁益談話時，他已經逐漸理清了思路，基本上猜到孫守義要這麼做的意圖了。

雖然孫守義上次回北京沒有跟傅華談論太多關於中斷跟中天集團談判的事，但是從隻言片語當中，傅華還是能猜到談判之所以破局，是跟海川某個有實力的公司半路橫插一槓子有關。

而這個有實力的公司，在傅華心中也是排了隊的，傅華估計孫守義對是哪一家公司在從中作梗心中也有數，以孫守義的個性，絕對不會就這樣一聲不響的把這個羞辱給吞下去，必然會採取措施進行報復的，就像他對孟森和麥局長一樣，他一定也會想到什麼招數對付這家公司的。

很明顯現在這個通知就是報復措施之一了，這個孫守義做事越來越老辣了，看來海川政壇又有一番熱鬧可看了。

天和房產這一次應該只是受了池魚之殃，丁益如果表現積極一點，對天和房產的未來一定會大有好處。丁益能在他需要幫助的時候適時地出手，結好孫守義，孫守義一定會有所回報的。

海川市委，例行的書記會上。

張琳說：「最近鬧得沸沸揚揚的公安局事件，我想聽聽你們的意見，金達同志，你是怎麼個看法啊？」

金達心說：你總算把這件事提上日程來了，不知道你心裏打的什麼主意，對這件事情一直悶聲不響，惹得網上是罵聲一片，弄得政府壓力很大。

他看了一眼專職副書記于捷，于捷低著頭，看不到表情。他心裏就有些怪異的感覺，這個于捷向來一副正義感十足的樣子，當初自己違規搞了工業園，他就不依不饒的，怎麼在麥局長鬧出醜聞這件事上，竟然能夠這麼溫和呢？他的正義感哪裡去了？

金達很懷疑于捷跟張琳之間是不是有了什麼默契，因此于捷才會表現得這麼溫和。

這不是一種好的跡象，于捷跟金達算是競爭對手，于捷的年歲也不大，跟金達一樣，也有上升的野心。未來張琳離開市委書記這個位置後，作爲緊隨之後的二三把手，他們之間必然會有一場龍爭虎鬥的，如果張琳和于捷形成某種默契的話，那在市委書記的卡位戰上，于捷就等於佔據了先機，因爲將來張琳肯定會推薦于捷爲接班人，等於是于捷已經先下一城了。

金達暫且按捺住心頭的疑惑，說：「麥局長這件事，現在引發的效應很大，戴副主任找了我幾次，如果市委再不處理的話，對廣大市民恐怕不好交代。」

張琳卻不認同，說：「金達同志，現在事情還沒確定就是真的，只憑那幾張照片似乎並不能說明什麼。」

于捷也說：「對啊，現在科技發達，據說有一種電腦軟體可以對照片進行改造。再說，我覺得這件事很蹊蹺，怎麼會一下子冒出了麥局長和警花的緋聞呢？這會不會是有心人故意而爲之的啊？如果我們處置了麥局長，會不會正好中了那些有心人的圈套了呢？」

于捷這麼一說，金達心裏就清楚了，張書記和于捷事先一定是通過氣了，因此才會這麼一唱一和的，看來這兩人是有意思想保住麥局長。

不過，他們的如意算盤怕是很難打響，這件事情經過網路傳播，造成的影響太過惡劣，恐怕不是他們想保就能保得住的。

既然保不住，爲什麼這兩人還會在自己面前這麼說呢？難道想要說服自己跟他們同一立場，就算將來有什麼問題，責任也是大家一起扛？金達心說：你們想得美，如果要保麥局長，你們去保就好了，我可不想攪進你們的渾水裏面。

金達便表情嚴肅地說：「張書記，于捷同志，我不贊同你們的想法，我說一下我個人的意見。誠然那些照片沒經過專家鑑定，我也無法確定真假，但是有一點是明確的，照片造成的惡劣影響已經形成了。我認爲不管真的假的，市政府應該有個態度，我建議立即讓麥局長停職，對其進行調查。如果查出來是假的，正好還麥局長的清白；如果是真的話，那麥局長也必須承擔相應的責任。反正不管怎樣，我認爲這件事情不能再含糊下去了，必須要給一個說法出來。」

金達態度明確的表明了立場，等於是將了張琳和于捷一軍，他們本來是想把這件事情給含混過去，但現在金達表示了不同意見，就很難不處理了。畢竟這件事情鬧得很大，省裏面也有一些風聲，加上還有一個戴主任在後面鬧，張琳擔心如果真的鬧到省裏都出動的話，他這個市委書記太過包庇麥局長就有些不好交代了。

雖然麥局長私下找過他幾次，但是他實在找不出幫他的理由來了。張琳便看了看金達，笑笑說：「金達同志說的很對，我們是要有一個明確的態度出來，我看在常委會上把這件事情討論之後，就按照金達同志的意見辦好了。」

于捷看張琳轉變了態度，也知道這種形勢下無法庇護麥局長了，便說：「我也贊同金達同志的意見。」

三人算是取得了一致。會上又商議了一些別的事情就散會了。

張琳先收拾東西往外走，金達緊跟其後，兩人出了小會議室的門，張琳回頭跟金達說：「金達同志，去我辦公室坐一下吧。」

金達愣了一下，張琳是不會沒事請他去閒聊的，現在叫他去辦公室，肯定是要說什麼，便說：「行啊，就去您辦公室喝杯茶好了。」

兩人就去了張琳的辦公室，坐定之後，張琳開口說：「這個麥局長，據我所知是老實了一輩子，沒想到臨老了還鬧出這段花花腸子來，真是晚節不保啊。」

金達知道張琳這麼說完全是找話題活絡氣氛的，便附和著說道：「是啊，功虧一簣啊。我們這些做領導的，真是要時時都小心謹慎啊。」

張琳笑笑說：「再小心謹慎也沒用的，我估計這一次麥局長是擋了什麼人的道了，不怕賊偷，就怕賊惦記，他是被人惦記上了。」

金達說：「是這樣子的嗎？」

張琳說：「當然是這樣啦，這件事從頭到尾都很蹊蹺，麥局長跟那個警花之間的關係也不是一天兩天了，怎麼以前沒人抓，現在就有人來抓了？這只能說明這件事是有人設的局，要整死他的。」

金達說：「這我就不好說什麼了，張書記，我提出要處理麥局長可不是我個人對麥局長有什麼看法，我只是想市委秉公處理罷了。」

張琳說：「金達同志，我並不是懷疑你什麼，你是不會動這種心思的，這種心思太下作，據我對你的瞭解，你還不屑爲之。」

金達笑說：「看來張書記很瞭解我啊。」

張琳說：「我們也搭班子不短時間了，彼此之間也算熟悉，好啦，這一次是麥局長自己自作自受，受處分也是活該倒楣，我們不說他了。」

金達愣了一下，原本他以爲張琳找他來，跟他說了這麼一通，是爲了試探他是不是設局整麥局長的幕後主使，現在看來並不是這麼回事，而是爲別的事情找他的。

金達說：「那張書記找我來，是爲了什麼事情啊？」

張琳說：「是這樣，我聽有人跟我反映，市政府在開始催繳財政欠款，這是怎麼一回事啊？」

金達看了張琳一眼，心說你是爲了這件事情啊，看來束濤是找過你了。

金達笑了笑說：「也沒什麼，只是最近海川重機重組的事擱淺了，市裏面準備籌措一筆資金安撫一下工人，財政有些緊張，就想這些該上繳的欠款也需要催一下了。」

張琳說：「是這樣啊，那這催繳是不是也要考慮一下企業的情況啊，有些企業現在資金拮据，你這一催繳，他們就緊張起來了。」

金達說：「您說的是哪家企業啊？」

張琳說：「就是城邑集團啊，他們攤子鋪的比較大，欠的稅金多，一下子讓他們全部拿出來，他們有些受不了。」

金達眉頭皺了起來，故意說：「又是束濤啊，怎麼？省裏又有人找過您？」

張書記聽出金達是在諷刺他，乾笑了一下說：「也不是，這一次是束濤自己找過來的，說他們企業目前有資金上的困難，繳清怕是做不到。我想城邑集團也是我們海川市商界的一面旗幟，如果因爲清繳行動而發生資金鏈斷裂，傳出去，名聲就不好了。」

金達心想：既然資金這麼困難還來攪什麼局啊，這樣就算是把舊城改造項目給了你，你也做不好啊。他心裏就有些要幫孫守義的意思了。

他看了看張琳，說：「張書記，我怎麼聽著您這個意思好像是在說，束濤並沒有能力發展舊城改造項目啊？」

張琳愣了一下，他沒想到金達會用這個來堵他，有些尷尬的說：「我不是這個意思，束濤只是暫時有資金困難，等過了這段時間就好了。」

張琳想含糊過去，金達卻沒有就此放過的意思，他盯著張琳說：

「張書記啊，我可跟您講，舊城改造項目之所以遲遲不敢啟動，就是因爲這裏面牽動的利益太大了，稍有不慎，就可能釀成很大的危機，如果城邑集團沒有這個實力，那還是早點放手的比較好。」

張琳被說的有點下不來台，他衝著金達嚷道：「金達同志，你這是什麼意思啊？我只不過是跟你說他們集團目前資金有點緊張而已，你需要誇大到他們不能參加舊城改造項目這個程度嗎？」

金達想，真正要叫起板來，我也不怕你，便說道：

「張書記，剛才可是您跟我說的，您擔心他們會因爲繳清而發生資金鏈斷裂的，現在您怎麼又說是我誇大其詞了呢？」

張琳辯解道：「那只是我個人的臆測而已，並不代表事情就是那個樣子的。」

金達看出張琳有點抵賴的意思，心裏暗自好笑，這傢伙性子還真是軟弱，真較起勁來就退縮了。既然你這個樣子，那好吧，我就讓你自己來拿主意吧，看看你有沒有膽量讓市政府不去收城邑集團的欠款。

金達便說：「張書記您先別急，看來是我沒搞明白您是什麼意思。既然這樣子，不如您乾脆明白告訴我，您想要市政府怎麼做吧？」

金達雖然是笑著說的，可是張琳從他的話中還是聽出有些惱火的意思，意識到自己做的也許有點過了，催繳欠款是市政府管轄範圍的事，他來干涉本就有點超過了，再要惹惱了金達，事情就有些難辦了。

張琳便也緩和下來，說：「誒，金達同志，我不是要命令你做什麼的意思，只是跟你商量一下，能不能讓城邑集團緩一緩再交？」

金達搖了搖頭，說：「張書記，不是我不給您這個面子，而是這件事現在是由孫守義同志在分管的，您找我商量沒用啊。」

張琳說：「你就不能跟他說一聲？」

金達說：「這個恐怕還真是不行，守義同志在接手這個工作的時候，事先跟我打過招呼，要我全力支持他，否則他就不管這件事了。您也清楚，上次中天集團中止談判的事，他就怪我沒支持他，現在再讓我去跟他說要特別照顧哪一家企業，這話我可說不出口。要不，還是您自己去跟他說吧，他如果答應你，我也不反對。」

張琳被金達的話嗆了一下，他很清楚孫守義現在對他是一肚子意見，上次因爲中天集團的談判被他喊停了之後，孫守義便賭氣回北京，在北京待了好幾天才回海川。

張琳雖然心裏很彆扭，可畢竟是因爲他有錯在先，只能把氣憋在心裏，不敢說孫守義什麼。現在再讓他去跟孫守義幫束濤說情，怕是要碰個滿鼻子灰的。

張琳只好笑笑說：「那還是算了吧，就讓城邑集團自己克服困難吧。」

金達接口說：「是啊，這錢是他們欠政府的，政府催討也合情合理啊，如果這家企業連應付的錢都付不出來，那他們的資信狀況就很可疑了。張書記啊，雖然我們要愛護海川本地的企業，但是也要有一個合理的程度，過度的保護可是不對的啊。」

張琳臉上熱了一下，金達的話中明顯有諷刺挖苦的意味，便說：「行，金達同志，這話我就替你轉達給束濤，讓他也長點志氣，不要老是想要依賴政府。」

金達又說：「就是嘛，您就跟束濤說，說是我金達說的，我這個做市長的也期望海川本土的企業能多賺錢，賺大錢，但是也要這些企業自身夠硬，只要他們實力夠硬，政府歡迎他們多多參與本土的項目。現在是經濟社會，政府只是企業的管理者，不再是企業的衣食父母，再也不能什麼事情都要政府幫他們解決了。」

張琳越發覺得沒意思，他本來只是想說點場面話，哪知道被金達借題發揮，說了這麼一大通出來，他強笑了一下，說：「行，金達同志，你這話我會轉達給束濤的。我下面還有一個會要開，我們就談到這裏吧。」

看到張琳不自在的表情，金達也不想再跟張琳說什麼了，見他下逐客令，就說：「那您忙，我回去了。」就離開了張琳的辦公室。

一走出張琳的辦公室，金達心裏就有些懊悔，自己的個性還真是克制不住啊，原本他想在張琳和孫守義之間保持一個比較中立的立場，有什麼事就讓孫守義去頂就好了。自己何必參與進去呢？孫守義贏了，自己也拿不到什麼好處啊？這下子張琳對自己的意見大了去了，到最後，他倒好像成了孫守義一邊的了。

自己幹嘛做這種兩頭都不討好的事呢？金達苦笑了一下，心說自己的政治道行還是不夠深啊，回去要認真反省一下了。

確實像金達猜想的那樣，張琳覺得金達是跟孫守義同一陣線，他被金達那幾句不鹹不淡的話氣得要命，金達走了之後，他就坐在那裏生悶氣。

本來他就有些看不慣金達，金達從省裏到海川的時候，身上就有著一股比別人都優越的神態，依仗著郭奎對他的信任，完全不把海川本土幹部放在眼中。一個排名末位的副市長，竟然敢直接跟市長叫板。雖然事情不一定完全是金達不對，但是金達這種做事不顧後果的性格，張琳卻是不敢領教的。

金達經過這麼多歷練，好不容易平和了很多，現在卻又來了一個跟他一樣風格的孫守義，這個孫守義更傲氣，比金達有過之而無不及，來海川後動作頻頻，一來就想把公安局的麥局長給搞掉，好像把海川當成他自己家的一樣。

在張琳看來，金達和孫守義這兩個傢伙根本就是臭味相投，很多事雖然表面上是孫守義在搞，可是背後都脫不了金達的影子。就像這一次麥局長的醜聞，他就有點懷疑是孫守義在背後搞出來的，要不然怎麼那麼巧，麥局長一出事，孫守義馬上就從北京跑回海川，時間掐得那麼精準，八成是知道事情一定會爆出來，想回來看麥局長的笑話來的。

但是光憑孫守義的能力，似乎還不能把麥局長這個局佈得這麼好，一定有人在暗地裏幫助孫守義的，他猜想這個人很可能就是金達，所以今天把金達找到辦公室來，只是後來金達四兩撥千金的把事情給擋了過去。

這讓張琳嗅到了幾分危險的氣息。這兩人的聯合對他並不是件好事，尤其這兩個人的背景都很厲害。特別是金達身後是省委書記郭奎，張琳就很擔心金達羽翼豐滿之後會取自己而代之。

他這個市委書記是當時形勢所造就的，並不是他的能力強大到讓郭奎和呂紀都認爲他是市委書記的不二人選。也正因爲如此，他這幾年在海川利用跟本地幹部比較熟悉的優勢，逐漸形成了他自己的一個小圈子，利用這些人來維護他在海川的領導地位，也利用這些人來制約金達，從而維持海川政壇整體平衡的一個局面。

麥局長算是這個小圈子中的一個核心人物，眼看就要被搞掉，他還無法出面保住他。失去了這樣一個人物，猶如斷了他的一隻手臂，未來是誰做公安局長，還是未定之數，很難保證下一個來做公安局長的人也能像麥局長一樣受自己掌控。

再加上束濤的事，束濤是欠款大戶，其中有不少錢就是他幫忙打招呼欠下來的。此刻金達讓孫守義出來催清欠款，可能不僅是針對束濤，更多的是針對他。

張琳有一種被人當面叫板的感覺，這種滋味可真是不好受。

晚上，張琳回到家中，妻子告訴他，束濤已經等了他一段時間，張琳疲憊的搖搖頭說：「這傢伙還嫌我不夠煩啊。」

張琳話雖這麼說，走進客廳時，還是臉上帶笑的跟迎接他的束濤打招呼說：「束董，不好意思啊，事情太多，害你久等了。」

束濤笑笑說：「這怎麼能怪您呢，是我不告而來，不好意思的應該是我啊。」

張琳指了指沙發，說：「坐吧，你是爲了催繳欠款那件事來的吧？」

束濤說：「是的，張書記，您跟金市長說過這件事情嗎？」

張琳點點頭說：「說是說了，不過情形並不樂觀啊。」

束濤緊張了起來，忙說：「怎麼，金市長不給您面子？」

張琳說：「也不能夠這麼說，不過他說這件事是孫守義主管，他答應孫守義會全力支持催討活動，所以不好出面跟孫守義說什麼。」

束濤忿忿地說：「這傢伙真是滑頭啊，這不是找藉口躲掉了嗎？」

張琳說：「是啊，金達這傢伙是不太想插手這件事情。」

束濤看了看張書記，說：「張書記，您看您是不是出面……」

張琳搖搖手，說：「束董，我知道你的意思，不行的，孫守義那傢伙因爲上次我出面中斷市政府跟中天集團的談判，對我一肚子意見，我如果出面去找他，肯定會碰壁的。」

束濤一聽，眉頭皺了起來，說：

「您這個市委書記的面子他也敢不給？」

張琳冷笑一聲，說：「人家的後臺硬著呢，上一次要不是我硬壓著，他恐怕連中斷談判都不肯接受呢。」

束濤惱火地說：「這傢伙也太猖狂了吧？他是北京來的又怎麼樣啊？您是市委書記啊，老話說，現官還不如現管呢，他橫什麼啊？」

張琳不禁抱怨說：「束董，這件事你是辦得有些問題啊，你要拿下舊城改造項目早說嘛，早說的話，根本就不必還請什麼中天集團來，我跟金達打聲招呼，你們跟市政府談判一下，項目可能就拿下來了啊。現在你這橫插一槓子，主持這件工作的孫守義自然很不高興，中天集團是他請回來的，談判也是他在主持，你這樣等於是抹殺了他前面的努力。誰遇到這種事情都不會很高興的。」

束濤笑說：「我這不也是爲了市政府著想嘛，多個競爭對手，市政府也能爭個好價錢出來啊。」

張琳說：「別跟我扯這個了，你是因爲丁江那老傢伙也參與進來才出手的，我說，你到底跟他爭這些幹什麼啊？」

束濤笑笑說：「什麼都瞞不過張書記您，我就是不想給天和這個東山再起的機會。」

張琳勸說：「束董，這種意氣之爭是要不得的，多少人都是毀在這上面，再說，你跟丁江究竟是怎麼回事，這麼些年了，還沒鬥夠啊？」

束濤說：「也不單純是跟丁江鬥氣，這個舊城改造項目我也覺得有利可圖的。」

張琳說：「說起舊城改造項目，束董，你究竟有沒有能力接下這個盤子啊？你可要跟我說實話，這個項目很複雜，牽涉到各方面的利益，如果你沒有這個能力，我勸你還是不要蹚這灣渾水。搞砸了的話，這裏面的責任你擔不起啊。」

束濤笑了笑說：「這您放心，張書記，我對此心中有數的。」

張琳說：「既然你心中有數，那還是把欠市政府的錢給繳清了吧，今天金達質問我，說你們城邑集團如果連欠的錢都付不出來，還拿什麼來爭取舊城改造項目，問得我都不好說什麼了。」

束濤看了眼張琳，問道：「金達真的這麼說？」

張琳：「當然了。」

「看來金達也不太歡迎我參與舊城改造項目啊。」束濤說。

張琳說：「你才知道啊，你就沒想到那個催繳通知的規定，就是人家爲你設計的限制條款？你如果能繳清的話，還是趕緊把錢給付清了吧，不然的話，到時候人家拿這一條堵你，不讓你參加招標，你豈不是就慘了。」

「金達和孫守義真的這麼惡毒啊？」束濤忍不住說。

張琳瞅了他一眼，說：「你以爲呢？你好好想想吧，不是爲了堵你，爲什麼在這個時間點會突然跑出一個什麼催繳通知呢？不是爲了堵你，幹嘛要加上那一條投標限制呢？你也別在我這耗時間了，如果你真的想拿下這個項目，趕緊回去湊錢吧。我說的可不止你欠市政府的那點錢啊，你還要準備爭取舊城改造項目的錢。看這個樣子，金達和孫守義都對你有看法了，他們一定會想盡辦法爲難你的。」

束濤眉頭皺了起來，說：「張書記，我怎麼看這形勢不太對啊，金達和孫守義可能不僅僅是衝著我來的吧？」

張琳說：「你不用看我，我知道他們不僅僅是衝著你，根本就是衝著我來的。」

「那您就任由他們兩個這麼肆無忌憚啊？」束濤煽火說。

張琳沒好氣的說：「要不怎麼辦？這個項目是在人家手裏掌控著呢，我幫你說這些話，已經讓人家很反感了。」

束濤說：「其實也未必。」

張琳不解地說：「怎麼說？」

束濤敲邊鼓說：「不管怎麼說，您總是市委書記，您才是掌控海川市的人，如果您要把項目掌控在自己手裏，那還不是件很容易的事嗎？」

張琳愣了一下，他不是不明白束濤的意思，束濤是想讓他出面來主抓舊城改造項目。這倒不是不可以，雖然說市委書記和市長各有分工，但是市委書記也是要管全面工作的，一些重點項目由市委書記出面親自主導，代表著一種重視，這也說得過去。

但這與他一貫的做事風格是不相符的，他跟金達搭班子以來，基本上很少去插手金達主管的事，更別說是要從金達手裏把項目拿過來了，這樣做好嗎？張琳有點猶豫了。

束濤看張琳不說話，知道他心裏面在權衡利弊，一時難以決斷，便說道：

「張書記，您別猶豫了，現在不是您要對人家怎麼樣，而是人家要對你怎麼樣。孫守義來海川後已經搞了不少事情出來，他根本就沒把您放在眼中，您再這樣子放縱他下去，總有一天他會騎到您頭上去的。」

張琳聽了，臉色沉了下來，說：「這個孫守義根本就是金達的槍手，他的背後應該都是金達在指使的。」

束濤火上加油說：「對啊，您看金達現在已經拿您的話不當回事了，對您交代的事找個藉口就想搪塞過去，如果再這個樣子下去，以後還不知道會怎麼樣呢？」

張琳臉色越發難看了，氣憤地說：「他還想怎麼樣啊？現在市委書記是我不是他，他還能翻了天啊？」

束濤說：「那就很難說了，海川市誰都知道金達是省委書記郭奎的愛將，他說不定心裏早就憋著勁想要取代您了。」

張琳被說中了心事，他最擔心的就是這一點，他再也難以控制住自己的情緒，一拍面前的茶几，發狠的叫道：「金達他敢！」

張琳的太太在房間裏聽到拍桌子罵人的聲音，趕緊跑出來對張琳說：「老張啊，怎麼了？」

張琳這才意識到自己在束濤面前有些失態了，臉色和緩了一些，對妻子說：「好了，我沒事，我跟束董聊到了一件令人氣憤的事，沒事，你進去吧。」

束濤小聲說道：

「張書記，您別生氣了，我只不過是提醒您，您真是要小心金達了。您有沒有覺得這次老麥的事發生的很蹊蹺啊？我問了一些知道情況的人，據他們說，那些豔照既不是麥局長家裏的人弄出來的，也不是那個叫呂媛的女人丈夫弄出來的，兩邊的人對這件事都感到很震驚。問題就來了，那這些照片是從哪裡出來的？這就很耐人尋味了。我個人十分懷疑，一定是有人看麥局長跟您走的那麼近，心裏不舒服，才搞了這個小動作出來。現在看金達和孫守義這麼對您，我猜想背後做這個小動作的，肯定是他們兩個無疑了。」

張琳早就懷疑這件事是金達和孫守義聯手搞的鬼，現在束濤的說法幫他印證了這個懷疑。不過他也沒有招數來挽救麥局長了，便嘆了口氣，說：「老麥這次的事影響太壞了，怕是我也保不住他了。」

束濤附和說：「老麥也太差勁了，把吃剩下來的女人介紹給戴主任的兒子，這根本就是在羞辱人嘛，任誰也咽不下這口氣，會鬧也是正常的。」

「問題是，老麥下台的話，等於是斷了我一條膀臂。」張琳煩心地說。

束濤勸道：「既然保不住，我看索性就快刀斬亂麻，先拿下麥局長好了。這件事情不要再拖了，再拖延下去，輿論就對您很不利了。」

張琳問：「你也主張我拿下麥局長來？金達今天跟我說的也是這個意思，我原本還想跟他商量一下，能不能想辦法維護一下麥局長呢。」

束濤說：「這時候您就不能有這種婦人之仁了，拿下他來還能爭取主動，至於新的局長，您也可以搶先一步跟省公安廳溝通好，力爭讓他們派一個跟您關係不錯的人來接這個位置。這等於是棄掉老麥這一個子，以爭取到先機，也就可以盤活整個局面了。」

張琳想了想說：「這倒也是，省公安廳要派新的局長來，應該也會跟市委這邊溝通意見的，我這個市委書記就握有主動權了。」

束濤笑笑說：「對啊，既然這樣子，您還需要擔心什麼啊？」

張琳嘆說：「只是犧牲了老麥了。」

束濤聽了說：「我估計老麥也受不了多大的處分的，他只不過是玩了個女人罷了，又沒犯太大的錯誤，頂多是換個不重要的位置去罷了。這傢伙也是活該倒楣，誰讓他被抓到了呢。」

張琳便下定決心說：「行，我會儘快安排開常委會，該怎麼處分他就怎麼處分吧。」

束濤又說：「那舊城改造項目呢？」

張琳說：「也按照你說的那樣，我想辦法把項目給拿過來。你回去準備一下，先把欠繳的錢交了，不要再給金達和孫守義口實。」

束濤說：「沒問題，我會儘快上繳的。省公安廳那邊需不需要我幫您運作一下？」

張琳說：「行啊，到時候我們一起跑一趟省公安廳好了。」

話談到這裏，張琳心裏有了底，雖然金達和孫守義做了不少的小動作，可是並沒有撼動到他這個市委書記的領導地位，相反地，只要他稍稍的做些安排，事情就還在他的控制之中。

有了這個底氣，張琳說起話來，就顯得輕鬆自如了，他提醒束濤：「束董啊，醜話我可說在前面，舊城改造項目我可以幫你拿到手，但是有一點你必須保證，在這個項目上你一定不能出什麼紕漏，否則的話，我也會受到牽連的。」

束濤笑了笑，說：「這您放心吧，張書記，我什麼時候辦事不牢靠過嗎？」

張琳說：「我不是說你不牢靠，而是凡事還是謹慎一點好。」

束濤保證說：「這個項目對我們城邑集團來說，也是重中之重的，我一定會小心再小心的。」

這邊張琳和束濤算是計議停當了，那邊孫守義也沒閒著，他打電話給唐政委。現在麥局長的事眼見就要有結果了，他要先跟唐政委商量一下，要怎麼確定接替麥局長的人選。本來見面商量是最好的，可現在時機有些敏感，電話上說比較不太會引起別人的注意。

唐政委接了電話，說：「孫副市長，您找我有什麼指示啊？」

孫守義笑說：「指示什麼啊？我想問一下，你們的麥局長現在怎麼樣了？」

唐政委笑了笑說：「還能怎麼樣？請了好幾天假，基本上都不在局裏露面了。」

孫守義說：「老唐啊，我看我們什麼時間去省公安廳跑一趟吧，我想見見你的那個同學，有些事情需要跟他瞭解一點情況。」

唐政委一口答應：「行啊，什麼時間您來安排吧。」

孫守義說：「估計現在有些人也在看我們的動作呢，最好能找個晚上過去，一夜來回，這樣比較不引人注意。」

唐政委說：「晚上倒是可以，只是哪天可以呢？」

孫守義便問：「明天行不行？我明天要去省裏開會，晚上我就留在省城，你自己想辦法趕到省城來，只是你的同學不知道明天能不能安排出時間來見我們？」

唐政委想了想說：「我跟他說一聲好了，反正是晚上，只要他不喝酒，晚點見面都是可以的。」

「那你來安排，我在省城等你。」孫守義說。

第三章

酸葡萄心理

湯言明知傅華是在諷刺他，卻依舊很平靜的開著車，傅華心中也不得不佩服，心想：湯言可能見慣別人羨慕或者嫉妒的表情了，自己話中帶的刺，與其說是諷刺，還不如說是一種酸葡萄心理，是一種嫉妒的表現。

北京。

傅華將市裏同意利得集團出讓股份的消息通知了談紅，談紅聽完，沒有什麼特別的反應，只說會將利得集團尋找買家的情況及時跟傅華交流，傅華也說了市裏面讓他幫著看看有沒有合適的買家，談紅便說：「那我們就共同努力吧。」

掛了電話後，傅華又撥電話給鄭堅，鄭堅是做天使投資的，肯定在這方面有不少的人脈，如果要幫市裏面找買家的話，可以問問鄭堅。

鄭堅接了電話：「小子，找我有什麼事啊？」

傅華說：「爸，有件事情想要麻煩你一下，我們市裏一個上市公司叫海川重機的，原本想要重組，現在重組方要退出，我想問一下你那邊有沒有什麼企業願意接手？」

鄭堅笑說：「利得集團終於熬不住了？」

傅華愣了一下，說：「你知道這件事情啊？」

鄭堅說：「我怎麼會不知道呢，證券圈子就這麼大，這家叫海川重機的上市公司重組案又鬧出了一些風波，證監會還有一個處長似乎也受到波及，這麼多的消息，我就是想不知道也不行啊。」

看來鄭堅對這件事還真是很熟悉了，連景處長爲了這個折進去都知道，傅華笑笑說：「你知道那就更好了，幫我們找個買主吧？」

鄭堅笑了起來，說：「幹嘛，你當是賣大白菜，找個人就買下來啊。」

傅華拍馬屁說：「別人也許不行，您還不行嗎？」

鄭堅笑說：「小子，用到我了，就對我用尊稱啦？去，我可不吃這一套的。」

傅華說：「行了，您就別踐了，行不行給個話，不行的話，我再去找別人。」

鄭堅說：「小子，可沒這麼求人的吧。好吧，看你開一次口也不容易，這樣吧，晚上我帶你見幾個人，看看他們能不能幫上你的忙。」

傅華問：「什麼人啊？」

鄭堅說：「都是我玩的圈子裏的人，見了再給你介紹吧。誒，事先跟你說一聲，別帶小莉出來啊。」

傅華奇怪說：「這麼神秘啊，有什麼不能讓小莉知道的啊？」

鄭堅說：「不是神秘，而是有些事小莉在不方便。」

「那我什麼時間去找你？」傅華問。

鄭堅回說：「晚上等我的電話吧。」說完就掛了電話。

傅華見他這麼鬼祟，本想打電話問一下鄭莉，究竟有什麼事鄭堅要瞞著她，不讓她知道，不過想想還是作罷了，鄭堅雖然不拘小節，想來也不會對他這個乘龍快婿做什麼不好的事情吧。

晚上下班的時候，傅華也沒等來鄭堅的電話，他就先回家，跟鄭莉一起吃了飯。快九點的時候，鄭堅的電話來了，說：「你下來吧，我就在樓下。」

傅華放下電話，跟鄭莉說：「我跟朋友約好去談件事情，出去一下。」就出了門。下了樓，就看到鄭堅坐在一輛他沒見過的豪華汽車後座上跟他招了招手，就快步走過去，伸手打開後車門就要上車。

鄭堅衝著他擺了擺手說：「小子，上前面去坐一下，體會一下尊貴的感覺。」

傅華笑說：「這什麼車啊？有這麼特別嗎？」

鄭堅一副看到土包子的口吻說：「你連這車都不認識？邁巴赫，聽說過嗎？」

傅華說：「這就是邁巴赫啊，前段時間不是說車展上一個山西的煤老闆開走了一輛，一千多萬，就是這車啊？」

鄭堅笑笑說：「總算你小子還聽說過這個名字，一千三百萬，夠豪華了吧。去去，去前面坐一下，體驗一下。」

傅華心裏倒沒覺得這車很好，不過鄭堅既然這麼說，他也就走到了前座，上了車。

開車的是一個衣著看上去就很昂貴的男人，歲數卻不大，傅華一看男人身上的衣服剪裁十分的得體，便知道這肯定是量身訂製的，價值不菲。

傅華衝男人點了點頭，說：「你好。」

男人沒有急著回答他，而是上下打量著他，那種目光中帶有一種審視的味道，讓傅華有些不太自在，還沒有一個男人用這種目光看過他呢。

這時鄭堅在身後說道：「我給你們介紹一下，這位是湯言湯少，是這輛車的車主；這位是傅華，海川市駐京辦的主任。」

傅華心裏吃了一驚，原來這個男人就是車主啊，能把一千三百萬的車開走，這傢伙身價肯定很高。

湯言這時才對傅華點了點頭，說：「幸會。」

傅華可以感受到湯言這句話中的冷淡，讓人有一種冷漠地距離感，這個湯言肯定是有些看不起他。傅華並沒有因此自卑，湯言的身價，恐怕他今生都難以趕上，他必須承認這個事實。

傅華也像湯言一樣說了聲幸會，就不再跟湯言說什麼了。心想：你就是再有錢，我也犯不上巴結你。

湯言也不說話，發動車子就往外開。

倒是鄭堅顯得很興奮，說：「小子你知道嗎?邁巴赫搭載了雙渦輪增壓引擎，坐在這上面，那種感覺就像是坐在私人包機那樣的享受。」

不知道怎麼了，傅華覺得今天的鄭堅有點呱噪，似乎一心想顯擺這輛邁巴赫的豪華和昂貴。

可能是因爲一旁的湯言顯得很冷淡的原故，傅華就有些厭煩鄭堅說的話。他說：「爸，你什麼意思啊，對邁巴赫的構造這麼熟悉，該不是你也想買一輛吧？」

鄭堅反問說：「我買一輛不行啊？」

傅華笑笑說：「行，怎麼不行，反正錢是你自己的，想怎麼顯擺就怎麼顯擺唄。」

傅華是想諷刺一下湯言，北京雖然好車滿街都是，但是像邁巴赫這種一千多萬的豪車也是不多見的，湯言開這種車出來太過顯眼，若不是爲了顯擺，還真是沒有別的用途。

鄭堅被嗆了一下，不好跟傅華爭執什麼，不然的話，好像真是顯得這輛邁巴赫是專門爲了顯擺的。

湯言倒是很有涵養，明知傅華是在諷刺他，臉色卻連變都沒變，依舊很平靜的開著車，傅華在一旁看他這個樣子，心中也不得不佩服，心想：可能這個湯言已經見慣別人羨慕或者嫉妒的表情了，自己話中帶的刺，與其說是諷刺，還不如說是一種酸葡萄心理，是一種嫉妒的表現。

想到這裏，傅華便有些不自在，看來不論自己如何裝作不在乎，他的表現都已經在湯言眼中落了下風了。

這種感覺讓他很不舒服，鄭堅找這個湯言是出來談事情的，還是讓湯言來給他添堵的?傅華回頭看了看鄭堅，說:「晚上不會就我們三個人吧?」

鄭堅說:「當然不會了，還有別人。」

傅華心裏鬆了口氣，如果要讓他跟湯言這種用居高臨下的眼神看人的傢伙談上一晚上，還真是活受罪，那樣即使湯言真的能夠接手海川重機，他也是不很情願的。更何況湯言的樣子根本上就是對他不屑一顧，這樣肯定也不會對海川重機感什麼興趣的。

很快到了鄭堅要帶傅華去的地方，是一家叫做「鼎福」的俱樂部。

湯言和鄭堅可能是這家俱樂部的會員或者常客，一進門，就有一位妖媚的公關經理迎了上來，嬌笑著跟兩人打情罵俏了起來。

鄭堅嘻嘻哈哈，一副無所謂的樣子，湯言還是那副姥姥不親、舅舅不愛的冷淡面孔，沒有跟公關經理哈啦，只是問道:「我的朋友來了沒有?」

公關經理笑說:「已經有三位來了。」

「我讓你安排的，你都安排了嗎?」湯言接著問道。

公關經理媚笑著說:「您湯少吩咐的事情，我怎麼敢打折扣啊?」

公關經理領著三人往裏面走，傅華看這家俱樂部可用金碧輝煌來形容，想來到這裏消費的，都是非富即貴的角色了。

公關經理將三人領到了一間很大的包房裏面，足有一百多平米，娛樂設施一應俱全。包房裏面已經坐著三個男人，看到三人進來，立即迎了上來。

走在最前面的男人微微有點禿頭，看上去跟鄭堅年紀差不多，笑著說：「老鄭、湯少，你們來晚了。」

後面跟著的兩個男人年紀都跟鄭堅差不多，也跟著前面的男人笑著指責鄭堅和湯言來晚了。

鄭堅笑笑說：「你們這幾個傢伙，我們也沒晚多少啊，來，我給你們介紹一下，這位是傅華，海川駐京辦的主任。」

鄭堅又介紹了三個男人，走在最前面的那位姓陳，其後的兩位，一位姓張，一位姓王，都是什麼集團的董事長之類的人物。

傅華聽這些人的名頭都很響亮，心裏清楚今晚能參與這個聚會的，一定都是響噹噹的角色。

傅華跟三人握了握手，姓陳的男人看了看傅華，然後對鄭堅笑笑說：「老鄭，這就是小莉的丈夫啊？」

傅華到這時候才意識到，這一路上，鄭堅介紹他的身分就只有海川駐京辦主任，他跟他的關係卻是隻字未提，似乎鄭堅對帶他這個女婿出席聚會感到有些寒磣。

傅華心裏便有點不高興，沒等鄭堅回答那個姓陳的男人，便搶先一步說：

「是啊，陳董，我是小莉的丈夫，只是我這個做人家女婿的，既沒有億萬身家，又開不起千萬豪車，只是一個小小的官員，讓我這個泰山大人有點拿不出手的感覺啊。」

屋內的氣氛一下子有點僵了，傅華的話一來就點出了鄭堅回避介紹兩人關係的這一點，一點顏面都沒有給鄭堅留，這讓屋內的其他人多少都有點尷尬。

甚至連那個很冷淡的湯言面色也變了一下，眼睛再次上下打量了一下傅華，似乎他也沒想到傅華竟然連自己的岳父也敢一點情面都不留。

傅華確實是有些惱火，心說：你如果覺得我這個女婿帶不出來，乾脆就別辦這個聚會；既然以幫我的名義把這幫人召集起來，又想辦法羞辱我，真是不知所謂。

鄭堅也被傅華的話弄得有些尷尬，不過他終究是老江湖，這種場面還是能應付下來的。他乾笑了一下，說：「好啦，大家都別站著了，湯少，你不是都安排好了嗎，還不把人叫進來。」

這就是鄭堅高妙的地方，他並不順著傅華的話去做什麼解釋，因爲他知道這時候做任何解釋都會越描越黑，乾脆忽略傅華的話，按照原定的安排繼續進行下面的節目，才是最上策。

湯言便對站在一旁的公關經理說：「我這邊的客人都到齊了，既然你安排好了，就把小姐們請進來吧。」

公關經理就笑笑說：「好的湯少，我馬上就讓她們進來。」

公關經理就出去了，一會兒，幾名模樣身段都很出色的女人魚貫而入，傅華這才恍然大悟，原來鄭堅不讓鄭莉來，是因為他要來的地方是有小姐陪的。

鄭堅看小姐們都進來了，便笑笑說：「大家都別愣著了，找自己喜歡的位置坐下來，喝酒，喝酒。」

不知道是不是故意安排的，坐在傅華身邊的那個女人，似乎是當中最出色的一個，五官看上去很立體，有些混血的感覺，身材也恰到好處，該豐腴的地方豐腴，該纖細的地方纖細，衣著很是暴露，衣服的前襟開得很低，刻意露出了半截白乳，誘人的乳溝若隱若現，真是風情萬種的一個女人。

女人自我介紹說她叫安琪，然後問傅華：「帥哥，怎麼稱呼啊？」

傅華也算是見過這種場面，安琪雖然風情萬種，可是離花魁吳雯卻還有些差距，安琪並沒有吳雯那種傲視花國的氣勢，因此他還能應付自如，便回說：「我姓傅。」

安琪笑說：「原來是傅先生，來，我們來划拳喝酒吧。」

安琪說著，就扭著纖細的腰肢往傅華的懷裏靠，傅華感覺到安琪熱呼呼的身體靠近來所帶來的那種肉香。他看了鄭堅一眼，鄭堅已經將一個女子摟進了懷裏，跟女子嬉鬧著喝酒呢，根本就沒看傅華。

傅華心想：這傢伙也是有趣，竟然帶女婿來這種場所，也不知道他心裏是怎麼想的。難道他想考驗一下自己嗎？

傅華清楚這時候不能把安琪推出去，那樣就顯得太老土，本來就是逢場作戲，應酬而已，要是做出一番正人君子相，不但會讓眼前這幾個老玩家見笑，也會顯得露怯的。

傅華就讓安琪靠了過來，不過他也不敢讓兩人的身體靠得太近，多少還是保持了一個若即若離的態勢，跟安琪兩人划拳喝酒。

傅華的運氣不錯，接連贏了兩拳，安琪就喝了兩杯，臉上泛起了桃花，衝著傅華笑著說：「傅先生，不帶這樣子的，你一個大男人也不讓讓我這個小女子，我不許你再贏了啊。」說著就身子一軟，完全貼到了傅華的身上，腦袋伏在傅華的肩膀上，在傅華的耳邊嬌笑著說：「我頭有點暈，借你肩膀靠一下。」

傅華可以感受到那對飽滿的雙乳擠壓在他身體上的那種熱度，難免有些心猿意馬了起來。就在這時候，傅華的眼神不經意掃到了湯言，正好碰到了湯言的眼神。他隱約有一種感覺，湯言的眼神中似乎有一絲詭譎，一絲譏誚，一絲不屑。

這讓他有點奇怪，不對啊，這個似乎對什麼都很淡然的男人，爲什麼會對自己跟一個女人親密有這種感覺呢？他身邊也圍著妖媚的女人，說明他也不是什麼道學君子，爲什麼會有這種表情呢？傅華越發感到不對勁。

他忽然想到，這裏本就是湯言的地盤，事情似乎都是湯言安排好的，那這個安琪也應該是湯言安排給自己的了？

傅華可以看得出來，雖然湯言、鄭堅和其他三個男人身邊的女人都不差，但是安琪明顯是裏面最好的一個，通常最好的女人會安排給最尊貴的客人，這裏面無論財富、樣貌、年紀，怎麼都輪不到他傅華，似乎沒有道理會主動地坐到他的身邊啊？

傅華自然也不會自我陶醉的認爲安琪是看上他了，這種風塵場所的女人眼中認的只是錢，她是絕對不會來這種場合找什麼情場知己的。

那只有一種解釋了，就是這個女人是湯言故意安排給自己的，他是想要看自己出乖露醜的樣子。這傢伙是想算計自己啊。

傅華心中一凜，又去看了一眼鄭堅，鄭堅似乎對這一切不聞不問，只顧跟懷中的女人調笑，這也不是鄭堅應有的正常反應，要是在別的地方，估計這會兒鄭堅早開罵了。

鄭堅這麼反常，一定是事先就跟湯言合計過的，傅華心中暗罵了一句娘，原來這倆傢伙是準備合起夥來陰他啊。

自己也真是糊塗了，眼前這種局面，湯言、鄭堅和另外三個人都沒有什麼好尷尬的，唯獨自己因爲跟鄭堅是翁婿的關係，怎麼做似乎都不對。

做正人君子吧，在場的其他人一定會覺得自己假惺惺，沒有一種男人氣魄；做開接受安琪吧，他們肯定又會覺得自己太急色了，當著岳父大人都敢摟別的女人，岳父不在面前的時候，背地裏還不知道怎麼風流呢？

這本來就是一個兩難的局面，設下這個局的人除了想看他的笑話之外，傅華想不出還會有別的意思來。

想到這裏，傅華就把安琪給推開了，轉頭看了一眼鄭堅，說：「爸，我們還是先別光顧著玩了，你不是說要幫我找人接手海川重機的嗎？我們還是先談事情吧，別一會兒喝醉了就不好談了。」

鄭堅沒想到傅華到這個地步還能保持幾分清醒，不過，他並不想給傅華避開這個尷尬的機會，便笑了笑說：「好了，小子，到這裏就是爲了玩的，談什麼公事啊，等回頭去辦公室再談好了。」

傅華臉色沉了下來，說：「可是來的時候，你跟我不是這麼說的啊？」

鄭堅安撫說：「什麼不是這麼說的，今晚讓你出來，就是介紹幾位朋友給你認識一下，現在不是介紹給你認識了嗎？你認爲那些重組什麼的事，適合在這裏談嗎？好啦，你就安心玩你的吧，你說的那件事，回頭我會安排專門時間跟你談的。」

傅華知道今天不可能談什麼正事了，他感覺就沒留在這裏的必要，打定主意準備要走，便對鄭堅笑了笑說：「那行，等你安排好時間，我再去辦公室找你吧。」

傅華說完要站起來告辭，鄭堅就有些下不來台了，他一把拉住了傅華的胳膊，將他按在位子上，狠狠的瞪了一眼傅華，說：

「小子，你不是到這時候才想起來裝正經的吧？女人你也摟了，酒你也喝了，你還想幹嘛啊？我跟你講小子，別在我面前裝什麼君子，僞君子還不如真小人呢！給我老老實實地留下來，別給我掃興啊。」

傅華沒想到鄭堅竟然攔著自己，他到底想要幹什麼啊？難道玩弄自己還沒玩弄夠嗎？

傅華剛想再次站起來離開這裏，包房的門卻在這時候打開了，一個比安琪身材還火辣、衣著還性感的年輕女子闖了進來。

女子一進門，就衝著湯言嚷了起來：「哥，你這就不夠意思了吧，來鼎福玩，也不叫上我？」

湯言看到這個女子，臉色立即變了，立馬站起來迎了上去說道：「小曼，你怎麼來了？你這不是胡鬧嗎？這個場合不適合你，趕緊給我回去。」

被這個女子一鬧，傅華倒不好馬上就離開了。他看到湯言緊張的樣子，心裏猜測這個女子可能是湯言的情人什麼的，是找上門來跟湯言鬧事的，便想：先看了湯言的笑話再走也不遲。

湯言說完，就想把那個叫小曼的女子往外推，小曼卻一把撥開了湯言，嬉笑著說：「你別攔我，你能來玩，我爲什麼不能來玩啊？誒，鄭叔也在啊？」

傅華暗自詫異，沒想到這個小曼還認識鄭堅，看來她跟湯言的關係還真是不淺，能讓湯言把她帶到鄭堅面前，傅華想她八成是湯言的女朋友或者關係密切的情人。他暗自偷笑，看來今天的局面，湯言是很難善了了。

傅華越發不急著走了，他很想看看這個本來爲捉弄他而設下的局，會因爲小曼的突然闖入變成什麼樣子。而且，他也不需要尷尬下去了，因爲有了女客的闖入，那些陪侍小姐們估計也不敢再有什麼親暱的舉動。現在會感到尷尬的，不是他，而是湯言和鄭堅了。

果然，鄭堅很尷尬的說：「小曼啊，你怎麼跑來了？」

小曼反而理直氣壯地問說：「我不能來嗎？誒鄭叔，你年紀也不小了，還玩這個調調啊？還玩得動嗎？」

鄭堅沒料到小曼說話會這麼直接，面色難堪的咳了幾聲，回答也不是，不回答也不是。一旁的傅華看鄭堅那副樣子，忍俊不住，撲哧一聲笑了出來。

小曼的目光因而轉到了傅華身上，她打量了一下傅華，然後轉頭對湯言說：

「你還帶了新朋友來啊，難得啊，很少看你帶年紀跟你差不多的朋友出來玩，其實要玩，還是跟年紀相仿的人玩比較好，跟那些老頭子玩在一起有什麼意思啊？」

鄭堅被嗆得又乾咳了一聲。

湯言呵斥道：「小曼，別對鄭叔這麼沒有禮貌。」

小曼卻不理會湯言的呵斥，轉過頭來對傅華說：「你怎麼稱呼啊？」

傅華覺得戲已經看得差不多了，沒有必要再陪著鄭堅熬到終場，便笑笑說：「我怎麼稱呼無所謂，其實我並不是湯少的朋友，我也高攀不起，你來的時候我正想要離開呢。行了，你們玩吧，我走了。」

傅華站起來就往外走。這一次鄭堅倒沒攔他，反正場面已經被小曼攪得差不多了，鄭堅大概也沒興趣再玩下去了。

「喂，你先別走，你這個人怎麼這麼沒禮貌啊？我問你的話，你還沒回答呢？」小曼在後面叫道。

傅華回過頭來，看著這個年輕女孩笑了笑說：「我跟湯少他們算不上一個圈子的，你問這個幹什麼啊？」

小曼瞪了傅華一眼，說道：「咦，你還挺跩的嘛，問你是給你面子，怎麼，你的名字見不得人啊？」

傅華沒想到還被這個女人給纏上了，苦笑了一下說：「我叫傅華，這名字倒是還能見人的。」

小曼愣了一下，說：「等等，你說你叫什麼？」

傅華說：「我叫傅華，怎麼了，這名字也惹到你了？」

「傅華，傅華，這名字怎麼這麼熟悉呢？」小曼念叨了一會兒，轉頭去看著鄭堅，問道：「鄭叔，小莉姐的丈夫是不是也叫什麼傅華啊？」

現在換傅華愣住了，原來這個小曼竟然認識鄭莉，這可有意思了，看來小曼跟湯言還真不是一般的關係，不然的話，不會連鄭莉也認識。

只是從來也沒有聽鄭莉說起過湯言和這個叫做小曼的女人啊？按理說，鄭莉既然認識他們，應該會在自己面前說起他們的。

傅華好奇心大起，不由得脫口問道：「你認識我老婆？」

小曼打量傅華說：「原來你還真是那個傅華啊，這事可有點滑稽了，你們怎麼會湊在一起的啊？」

湯言有點緊張了起來，瞪了小曼一眼，說：「小曼，你別瞎說八道啊，傅華是鄭叔帶來一起玩的。」

小曼笑了起來，說：「想不到鄭叔還是這麼有趣的人啊，竟然會帶小莉姐的丈夫跟你一起玩。」

傅華在一旁有點丈二和尚摸不著頭腦，小曼和湯言的對話似乎是在打什麼啞謎，他不知道他們究竟在說什麼，便看了看小曼，說：「小曼小姐，請教一下，這裏面有什麼事是我不知道的嗎？」

小曼聽了立刻說：「別叫小曼小姐，土得要命。看來你果然是什麼都不知道，才會跟他們湊到一起去的。」

傅華納悶地說：「那有什麼是我應該知道的嗎？」

湯言在一旁有些急了，叫道：「小曼，這裏沒你什麼事，別給我瞎攪和。」

小曼說：「哥，你緊張什麼啊，這件事情你以為還瞞得住嗎？就算我不說，他回去問小莉姐，不就什麼都清楚了嗎？」

傅華再笨，這時也猜出湯言可能跟鄭莉有過什麼瓜葛，他轉頭去看鄭堅。

鄭堅乾笑了一下，說：「你看我幹什麼？當初我想把小莉介紹給湯言，可是小莉偏偏看上了你這小子。」

小曼一副看熱鬧的表情說：「傻瓜，估計這一晚上你被人家玩得不輕吧？現在你該明白為什麼了吧？」

傅華恍然大悟說：「我現在明白了，其實也挺有意思的不是嗎？好了，我想你們也該玩得差不多了，可以放我離開了吧？」

鄭堅想要說點什麼，卻被傅華的眼神給逼了回去。

倒是小曼漫不經心的說道：「好了，你也別這麼生氣了，他們只不過是想跟你開個玩笑罷了。」

傅華平靜地說：「我沒生氣，我只是覺得好笑罷了。好了，我真的要走了。你們繼續玩吧。」

傅華說完，開了包廂門就走了出去。

他本來想把包廂門狠狠地甩上去，可是臨到最後，他覺得實在沒有必要，也顯得沒有風度，還是將門輕輕的關上了。

關上門之後，他心裏反而輕鬆了下來，雖然湯言和鄭堅今天晚上好像是耍了他一下，可畢竟是他得到了鄭莉，他才是勝利者，被失敗者小小的發作一下也沒什麼。

回到家裏，鄭莉還沒睡，看傅華面上帶著笑容，便問道：「老公，看來今天晚上你跟人家事情談得不錯啊，這麼高興？」

傅華笑了笑說：「事情倒沒談多少，只是遇到了你的一個熟人，知道了一點你以前的趣事，所以很高興。」

鄭莉奇怪地看了看傅華，說：「你笑得這麼賊，是不是知道我什麼糗事了？咦，你身上怎麼有別的女人的香味，是不是出去跟女人鬼混了？」

傅華笑說：「還真是瞞不住你，我們去了一家俱樂部，他們找了幾個陪酒小姐來，我也只是跟她們划了幾拳，喝了點酒而已。」

傅華不得不老實承認，他知道今晚的事不會就此完結，後面肯定還有很多牽扯，與其讓鄭莉從鄭堅的嘴裏聽到自己去俱樂部，跟女人一起划拳喝酒的事，不如先坦白招供，省得解釋不清。

鄭莉對傅華這些應酬活動倒也不太介意，她很清楚傅華的工作性質，稍稍的逢場作戲一下也是難免的。以前傅華也偶而有這種身上帶著女人氣息回來的時候，不過都是老實的交代了。

鄭莉便開玩笑說：「誒，今晚的小姐漂亮嗎？」

傅華故意說：「當然漂亮，承蒙他們好心，把最漂亮的那個小姐推到我懷裏。怎麼，吃醋嗎？」

鄭莉笑了起來，取笑說：「那可真是浪費了，估計你這傢伙也放不開手腳去跟小姐玩的。」

傅華說：「真是知夫莫若妻啊。小莉，謝謝你對我這麼信任。有時候我就在想，我值得你這麼對我嗎？」

鄭莉感覺到有點怪怪的，看了看傅華，問道：「誒，你這話是什麼意思啊？我怎麼覺得有點不對勁啊？」

傅華聳了聳肩說：「也沒什麼，我只是覺得你值得擁有比我更好的男人。」

鄭莉緊張了起來，看著傅華道：「老公，對我來說，你就是最好的男人啊，擁有你，我感到十分的滿足。」

傅華搖搖頭說：「其實我真的沒什麼優點，錢賺得不多，官也就芝麻大小，能給你的十分有限，想想反而是你給我帶來的快樂更多一點。」

鄭莉聽了，越發感覺有點不對勁，便追問道：「你跟我說實話，你今晚到底是遇到誰了？」

傅華看著鄭莉的眼睛，認真地說：「小莉，你當初拒絕湯言而選擇我，心裏有沒有那麼一絲後悔過？」

鄭莉驚叫了起來：「你遇到湯言了？你怎麼會遇到他呢？」

傅華一臉無奈地說：「是你爸爸帶我認識的，這一晚上我都感覺怪怪的，一開始那個湯言開著頂級豪車邁巴赫來，你爸爸跟我說那輛車要一千多萬，還一直稱讚車子多好多好，搞得我還以爲他也想買一部呢？後來到了俱樂部，又把最漂亮的小姐往我身邊放，我當時心裏就很納悶，他們爲什麼對我這麼好呢？直到一個叫小曼的野丫頭出現，我才搞明白，他們都在拿我當傻瓜耍呢。」

鄭莉撲哧一聲笑了出來，傅華白了她一眼，不高興的說：「虧你還笑得出來，人家這是挖了一個坑等我往裏跳呢。」

鄭莉笑著說：「好了，老公，別得了便宜還賣乖了，最漂亮的女人都給你了，你這是大享豔福呢，還埋怨什麼啊？」

傅華搔了搔頭，說：「哎呀，小莉，你不知道當時的情形，你爸爸跟我說是要幫我聯繫海川重機的買家，我才會跟他去那種場合的，你不知道那時我有多尷尬，既不能拒人千里之外，掃了大家的興，你爸爸又在眼前，我還不能太忘形。」

鄭莉聽了，故意說：「誒，老公，你這話可有語病啊，什麼叫我爸爸在眼前你就不能太忘形，是不是我爸爸不在眼前，你就可以忘形了？」

傅華叫說：「哎呀，這個時候你還來跟我挑這種語病，沒你爸，我根本就不會去那種地方的！他倒好，在那兒玩得十分的開心呢。對了，你還沒跟我說，這個湯言是怎麼回事？還有那個叫什麼小曼的，似乎也認識你，你們原本是什麼關係啊？」

鄭莉淡淡的說：「還能是什麼關係啊，就是認識的朋友嘛。」

傅華看著鄭莉，狐疑地說：「不是普通朋友吧？別裝蒜啊，你爸爸都說了，他把那個湯言介紹給你過，你可別想跟他們一樣把我瞞在鼓裏啊。」

鄭莉笑笑說：「是介紹給我過不假，可是我們對對方沒有感覺，就做普通朋友了，怎麼，不行啊？」

傅華說：「當然不行，不是你們沒感覺吧，我看那個湯少對你好像是有些難以忘懷的樣子。」

鄭莉只好招供說：「好啦，我承認他對我是有那麼一點意思，可是我卻覺得跟他在一起很彆扭，所以就沒談下去，後來就碰到你，就被你騙了，嫁給你啦。」

傅華笑說：「小莉，那個湯少能開著邁巴赫出來晃悠，身價肯定不低啊，人又一表人才，幹嘛看不上人家，非要被我給騙了呢？」

鄭莉忍不住調侃說：「好啦，你不要變相的跟我說你的魅力不可抵擋了，連邁巴赫都比了下去。」

傅華得意地說：「這是事實嘛。」

鄭莉說：「去你的吧，我就是喜歡跟你在一起的輕鬆自在，這種自在，十輛邁巴赫也是換不來的，更何況我並不喜歡什麼邁巴赫，一個年紀輕輕的男人開個邁巴赫，你不覺得很彆扭嗎？太顯擺了吧？想起來就渾身起雞皮。」

傅華聽了，笑說：「這倒也是，那輛邁巴赫我也不覺得有什麼好，感覺上還不如我開的車舒適呢。對了，那個小曼又是什麼人啊？」

鄭莉笑了起來：「怎麼，你不會看那個丫頭冶豔，就喜歡上她了吧？她可是湯言的妹妹，刺玫瑰一朵，你碰了的話，小心湯言剝了你的皮。」

傅華現在明白爲什麼鄭堅被小曼說了幾句之後就很尷尬，肯定是平常他在小曼面前都很正人君子的樣子，現在被小曼看到摟著陪酒小姐，自然很不自在了。

傅華饒有趣味地說：「沒想到她是湯言的妹妹，我對她沒興趣，只是那丫頭說話毫無遮攔，挺好玩的。你知道她對你爸爸說了什麼嗎？她說你爸那麼老了，問你爸還能玩得動嗎？哈哈。」

鄭莉也笑了起來，說：「這丫頭就是這樣，很自我的一個人，我當初跟湯言認識的時候，跟她也一起吃過幾次飯，後來跟湯言不太往來，也就疏遠了她。誒，我爸介紹湯言給你認識，是想讓他接手那個什麼海川重機啊？」

傅華說：「也沒說是要湯言接手，現場還有三個跟你爸年紀差不多的男人。你爸要我跟他出去的時候，只是說要介紹人幫忙接手海川重機，並沒特別說是誰。」

鄭莉聽了，不禁質問說：「既然是我爸約你出去的，爲什麼你還告訴我是你朋友約你的啊？這裏面有什麼貓膩嗎？」

傅華解釋：「是你爸讓我不要告訴你的，當時我還挺奇怪呢，誰知道他會把你的舊情人介紹給我認識呢？」

鄭莉吁了聲說：「去你的吧，什麼舊情人啊？我們只是認識的朋友罷了。」

傅華說：「我看他對你還是餘情未了啊，要不改天約他出來吃吃飯什麼的？」

鄭莉臉沉了下來，說：「別胡說，我跟他之間早就沒什麼往來了。還有，你別看湯言那個樣子，一副紈褲子弟似的，手底下可是有真材實料的。當初我爸介紹他的時候，說他是一個資本運作的頂尖高手。我爸那個人向來都是眼高於頂，沒有多少人能讓他看在眼中，連他都說是頂尖高手的人，絕對不簡單。」

傅華這一晚雖然沒跟湯言聊上多少句話，對湯言這個人卻是感受頗深，不用鄭莉說，他也知道湯言絕非一個簡單的人物，雖然愛顯擺，但是行事風格沉穩，有心計，絕非好對付的人。

傅華說：「他給我的感覺也是這樣子的。你爸有沒跟你說，他是一個什麼來歷啊？」

鄭莉說：「說了一點，他說湯言的父親也是一個很了不得的人物，是一個級別很高的官員。不過湯言能有今天這一切並非靠他父親，而是白手起家，自己一手建立起現在的財富，這也是我父親很佩服他的地方，說湯言這個人雖然愛顯擺，可是有顯擺的實力。我雖然不知道他是怎麼賺錢的，但是資本運作這種東西水很深，不是那種大鱷，是很難賺到錢的。他是個危險的人物，不是必要的話，你還是離他遠一點吧。」

傅華點點頭說：「我會儘量離他遠一點的。」

第四章

未雨綢繆

如果金達也站到張琳一邊，他就算是一個鑽天鷂子，也絕無絲毫勝算的。

孫守義覺得必須未雨綢繆，儘量破壞掉金達和張琳的關係。

這樣就算不能把金達拉到自己這邊來，起碼金達也不會跟張琳真心實意的聯合起來。

東海省會齊州。

孫守義待在賓館的房間裏有點鬱悶，他來省裏開完會之後，就開了這個房間住下，已經過去好幾個小時了，唐政委卻還沒趕到。

孫守義知道唐政委從海川到齊州需要一點時間，唐政委也打電話過來，說已經在路上了，可是他還是有些沉不住氣，等人的滋味確實很不好受。

現在海川很多事情都在按照孫守義預想的步驟在順利的進行著。清繳欠款這邊，估計東濤那邊不會再有什麼動作了，而天和房產也很懂得看形勢，接到通知不久，就第一個把欠款給繳清了，算是帶了一個好開頭。

回頭真是要找個機會回報一下丁江，人家投之以桃，自己就應該報之以李，孫守義已經在考慮要以何種名義給予天和房產某些方面的幫助了。

接下來就是麥局長了，現在的情形，麥局長肯定是保不住他公安局長的位置，只要孫守義從唐政委這邊尋找到合適的接替人選，那他動麥局長的第一步目標就算是實現了。

各方面都很順利，但是越是這個樣子，孫守義的心越是沒辦法安定下來，事情似乎太順利了一點，這些人一點反彈都沒有，並不是很合邏輯。孫守義擔心對手實際上是在背後做某些動作，只是他並不知道而已。

這種狀況才是最危險的，因爲你什麼都被蒙在鼓裏，還在沾沾自喜呢，人家卻已經神不知鬼不覺的算計了你。

夜越來越黑了，孫守義看著窗外發呆，自己什麼時候能從這個困局中解脫出來呢？再這樣子下去，怕真是要被逼瘋掉了。

這時門被敲響了，孫守義趕緊去貓眼裏看了一下，確認是唐政委，這才將門打開。

唐政委進門之後，抱歉地說：「等急了吧，孫副市長？」

孫守義笑笑說：「還好，你跟你的同學聯繫過了嗎？要不要我們馬上過去見他？」

唐政委說：「您先別急，我跟他通過電話了，他說晚上有一個活動要參加，等晚一點他會過來跟我們會合的。」

孫守義說：「是這樣啊。誒，老唐，你吃過了沒有？」

唐政委說：「路上買了一點吃了，孫副市長您還沒吃嗎？」

孫守義搖搖頭，說：「我原本想等你來了之後，找你同學一塊吃飯的。」

唐政委說：「要不我們出去吃一點？」

孫守義說：「還是算了吧，我也不怎麼餓，不要他來了我們不在就不好了。」

唐政委就坐了下來，孫守義給他倒了杯水，有些擔心的說道：「你同學不會今晚不過來吧？」

孫守義只能在省城待這一晚，如果唐政委的同學不過來，那就只能下次再約時間了。

孫守義覺得再留一晚的話，他的行蹤就會被某些有心人注意到的。

唐政委很有把握地說：「不會的，我跟他定的是死約會，不見不散的。」

孫守義沒再說什麼，唐政委也找不出話來跟他說，房間內就陷入了沉默。

乾坐了一會兒，孫守義伸手打開電視，翻看了一下電視節目，現在的節目同質化很高，轉來轉去，除了耍寶式的綜藝節目之外，就是一些重播了很多次的電視劇，沒什麼特別吸引人的。

孫守義越發無聊，就把遙控器放了下來，說：「老唐啊，你看我們倆這個樣子，像不像做特工的？鬼鬼祟祟的？」

唐政委笑了起來。

經過這一番說笑，氣氛輕鬆了下來，兩人開始閒扯一些海川市裏的事，時間就這樣子被消磨了過去。

快到十一點的時候，唐政委的電話響了起來，他看了看號碼，對孫守義說：「是我同學。」

孫守義說：「快接。」

唐政委接通了電話，他的同學說已經到了他們住的飯店，問唐政委房間號碼。唐政委告訴他後，他說馬上就過來。

唐政委掛了電話，孫守義站了起來，趕緊整理了一下衣服，想給唐政委的朋友一個精神的形象。

幾分鐘後，門被敲響了，唐政委把門打開，一個年紀跟唐政委差不多，卻秀氣很多的男人站在門外。

他看到了唐政委後，笑說：「老唐啊，等急了吧？」

唐政委說：「沒有，快進來。」

男人走進了房間，關上門後，唐政委給兩人做了介紹，告訴孫守義，這個男人姓商，是公安廳分管刑事的副廳長。

孫守義心中對商副廳長的形象多少有點意外，他認爲這種分管刑事的人，面相上都有些兇氣，沒想到商副廳長不但不兇，還很秀氣。他跟商副廳長握了握手，說：「很高興認識您。」

商副廳長笑了笑說：「我也很榮幸能見到孫副市長，事情老唐都跟我說了，我和老唐對社會上的那些渣滓真是看不慣，難得孫副市長這樣的領導想要清除他們，如果能幫上什麼忙的話，我一定會盡力的。」

商副廳長雖然長得秀氣，說話卻很有力度，而且一來就打開天窗說亮話，絲毫沒有要跟孫守義扯什麼閒篇的意思，顯見是一個很精明幹練的人。

孫守義心中的輕視感沒有了，他笑了笑說：

「商副廳長，您說的太好了，這些社會渣滓對社會危害很大，如果都沒有人挺身而出，剷除他們的話，發展下去，這個社會是會亂套的。」

商副廳長附和說：「是啊，就是需要有人出面跟他們鬥鬥。如果警察都跟這些渣滓們勾結在一起的話，那誰來主持公道啊？所以我很贊成把麥局長這種占著位置卻不做事的人給換掉的。不過呢，你的動作可要快一點了。」

孫守義愣了一下，說：「您這是什麼意思啊？爲什麼我的動作要快一點？」

商副廳長說：「你慢了一拍，你們市裏面有人已經找到省廳來了。」

孫守義十分訝異地說：「這麼快？」

商副廳長說：「是啊，你們市裏的張書記今天到省廳來了，就更換麥局長的事，跟我們廳長交換了意見。」

孫守義趕忙問商副廳長，說：「張書記都說過什麼了？」

商副廳長說：「也就是把麥局長在海川發生的事跟我們廳長說了，說麥局長現在這種狀態已經不適合繼續任職下去，徵詢一下我們對這件事的意見。」

「那貴廳現在對這件事情是一個什麼態度啊？」孫守義問。

商副廳長笑了笑說：「目前這種狀況，我們廳長自然不好說要繼續留任麥局長，他只好原則性的表示尊重海川市委的意見。現在重點就來了，誰來接任海川市公安局長就成了一個關鍵了。」

孫守義說：「張書記跟貴廳提出人選了？」

商副廳長點點頭，說：「我聽張書記的意思，他對我們廳裏法制處的王處長很欣賞，好像在暗示我們廳長，想要這個人去海川。」

孫守義心想：他的動作真是快啊，前段時間還拖著不想拿下麥局長，現在一改變主意，馬上就來省裏爲他屬意的人說項了。

孫守義看了看商副廳長，說：「張書記說的這個人，是個什麼樣的人啊？」

商副廳長說：「怎麼說呢，算是一個挺溫和的人。」

一聽溫和，孫守義就知道這個人不是他想要的了，他要對付孟森的話，需要一個能打硬仗的精幹人物，如果新局長仍舊像麥局長那樣軟弱的話，那他費這番力氣就沒有實際意義了。

孫守義轉頭看了一下唐政委，輕輕地搖了搖頭，唐政委就明白孫守義不滿意這個人選了，便說：「老商啊，這個人顯然不行，我跟孫副市長今天跑來是想問你一下，你手裏有沒有那種能打硬仗，又跟我們同心同德的人選？」

商副廳長看了看唐政委和孫守義，試探的道：「你們問這個幹什麼，難道你們能讓這個人做到海川市公安局的局長？」

孫守義笑了笑說：「這種話我可不敢說，不過呢，我會幫他爭取的。關鍵是你手裏有沒有這樣的人選。」

商副廳長說：「人選倒是有一個，這傢伙在業務方面是一把好手，可是有點難搞，我們廳裏不少領導對這個人很頭疼，你想要讓他出任海川市公安局局長，恐怕廳裏會有人有不同的意見，難度很大啊。」

難搞無所謂，孫守義希望能找到一個多少能對抗孟森的人物，現在海川的形勢正需要一個強勢作風的人物振作一下，才能打開海川市的局面，便說：「我可以盡力為他爭取，這些都不是問題，問題是這人信得過嗎？」

商副廳長笑笑說：「這傢伙是我一手帶出來的，我覺得是可以信得過的。這傢伙這些年也是因為看不慣很多事情，愛頂撞領導，才會一直被壓著沒得到重用，其實他辦事能力相當強，又是科班出身，本來應該在更重要的位置上才對的。」

說到職務，孫守義想弄清楚這個人現在是在什麼位置上，畢竟海川市公安局長的級別不低，如果商副廳長推薦的人選職務太低，那就不太合適了，要想把這個人送上公安局局長的寶座有些難度，甚至如果還需要破格提拔，那辦起來可能就希望不大了。

於是孫守義趕緊問道：「你說的這個人叫什麼名字啊，現在什麼職務？」

商副廳長說：「他叫姜非，他現在的職務是刑警大隊的副大隊長。」

孫守義鬆了口氣，省廳的刑警大隊跟海川市公安局是平級單位，如果這個人是副大隊長，那職務上只差一級，如果能讓這個人成爲海川市公安局局長的話，等於把這個人提拔了，這樣也可以籠絡一下這個人。估計商副廳長提出這個人選的時候早已權衡過了。

也是，像商副廳長這樣級別的官員，已經有很長的仕途歷練，心中都有一把秤，什麼樣的人適合，他們肯定早就考量過了。

孫守義點了點頭，說：「這個人我看很合適，老唐你覺得呢？」

唐政委也點點頭說：「這個人我認識，挺有能力的，省裏幾個大案子都是在他手裏破的，如果能到海川來做局長，倒是我們海川市的福氣。不過就像老商說的那樣，這傢伙有點難搞。」

孫守義不以爲意地說：「我就是希望這樣一個硬氣的人。商副廳長，你確定能調得動他嗎？」

商副廳長笑笑說：「他來省廳的時候，我還在刑警隊，他現在這身本事基本上都是我教他的，我再調動不了他，豈不是很好笑。」

孫守義滿意地說：「那就決定是他了，下面的事情我去安排，希望能讓他順利出任海川市公安局長。」

商副廳長叮囑說：「那你可要動作快一點了，我想既然你們的市委書記已經跟省廳提出了他想要的人選，省廳為了方便協調合作考慮，會傾向於接受你們市委書記提出來的人選。再說，這還是臺面上的，私底下，他既然提出這個人選來，肯定是某些派系的人看中了他，我想他們也會在臺面下做一些小動作的。」

孫守義說：「這我知道，你放心，既然我想要做這件事，就會儘快安排的，我也想事情能成，不是嗎？」

商副廳長高興地說：「那我替姜非謝謝你了。說實話，這些年姜非始終起不來，我這個做師父的也替他心裏憋屈。」

孫守義笑笑說：「謝什麼，這是我想借重姜非的才幹才安排的，應該我謝謝你才對，商副廳長。」

商副廳長笑了，說：「那我們就誰也別謝誰啦。」

孫守義說：「那我就先回去安排了，回頭等事情運作的差不多了，麻煩你安排我跟姜非見一下面。」

孫守義覺得應該跟這個姜非接觸一下比較好，耳聽是虛，眼見為實，這個姜非究竟怎麼樣，他還需要見個面來做判斷，這個人對他接下來的佈局十分關鍵，如果不靠譜，那還是趁早放棄為妙。

商副廳長點點頭，說：「行，到時候我來安排好了。」

「那我們就談到這裏吧，我和老唐今天還需要趕回海川去。有機會我們再好好聚聚吧。」孫守義說。

孫守義知道這時候進行的每一步都需要小心再小心，能讓對手知道的越少，對他越是有利。

商副廳長一副理解的樣子說：「是，我明白你們現在的處境，那我們有機會再聊吧，我先走了。」

孫守義和唐政委就跟商副廳長握了握手，把他送出了門。

商副廳長走了之後，孫守義並沒有急著馬上就動身回海川，而是對唐政委說：「老唐，這個姜非真的能行嗎？你可要跟我說實話啊！」

唐政委說：「這你放心吧，這個姜非絕對是一把好手，再說，老商這個人肚子裏面是有道的，他既然給你推薦了這個人，就是他認爲這個人不會辜負你的期望。」

孫守義婉轉地說：「我不是不信任商副廳長，而是這件事十分重要，如果選人不當的話，下面我們將會更加被動。」

唐政委掛保證說：「孫副市長，回頭等你見了姜非，你就會放心了，這個人絕對是最適合的人選。」

孫守義點了點頭，說：「希望了。老唐，現在要辛苦你馬上趕回去了，我不好跟你一起走，我們一起往回趕的話，被別人看到了不太好。」

唐政委點點頭說：「行，我就先走了。」

唐政委也離開了，房間裏再次剩下孫守義一個人，他心裏有些不太平靜，他走到窗前，看著外面黑漆漆的天空。在城市輝煌的燈光下，夜空越發顯得黑暗。

一場跟對手的鏖戰就要真正的拉開大幕了，接下來會發生什麼，他心中一點底都沒有。但是有一點他知道，他眼下所要對付的這些人，沒有一個善類，就連一向在外人看上去很溫和很軟弱的張書記，也是在背後小動作不斷，他必須打起十二分的精神來應付，否則他很可能爲此付出慘重的代價。

孫守義忍不住搖了搖頭，官場上本來就是一個如履薄冰的地方，更何況他來到了這個對手環伺的海川。此刻，他不知道是該懊悔來到了這裏，還是該慶幸這個地方給了他這麼多歷練的機會。

過了一會兒，孫守義估計唐政委已經走出去一段距離了，就收拾了一下，也出門上了自己的車，往海川趕。

在車上，孫守義思考著這件事是不是要跟金達說一下。雖然張琳是市委書記，人事是由他管，對省廳提出屬意的人選也不是很出格，但是在這個時間點上做這件事就很耐人尋味了。

孫守義不清楚張琳這麼做是別人給他出的主意，還是自己的想法，但是他突然一改以往的作風，如此積極，肯定是有所圖的。最起碼，他是想要一個像麥局長那樣好掌控的人來接掌公安局的意圖十分明顯。

局勢越來越複雜了，他是不是要把金達也拖進這個戰局中呢？現在表面上似乎金達是持一種中立的態度，既不站在張琳、束濤那邊，也沒有跟自己站在同一陣線上，算是騎牆派。但是作爲一個市長，很多事情就算他不想表態，別人也會想辦法逼他表態的。

到那個時候，金達勢必要選邊站。他就要防備金達站到張琳那邊去。如果金達也站到張琳一邊，兩人聯手，他這個常務副市長就算是一個鑽天鷂子，也絕無絲毫勝算的。

孫守義覺得必須未雨綢繆，事先做一些動作，儘量破壞掉金達和張琳的關係。這樣就算不能把金達拉到自己這邊來，起碼金達也不會跟張琳真心實意的聯合起來。

孫守義敏銳地察覺到金達和張琳之間並不是沒有一點嫌隙，金達雖然在別人面前似乎一直很維護張琳一把手的權威，可是金達並沒有什麼都唯張琳馬首是瞻，特別是這次束濤的事，說明金達並不甘於被張琳利用。

孫守義覺得這給了他空子可鑽，孫守義相信，如果他在金達面前適當的透露張琳的一些不當做法，一定會激起金達對他更多的不滿，因爲孫守義可以肯定，金達事先一定不知道張琳來省廳溝通公安局局長人選的事，於是他決定找個機會告訴金達，金達一定會心生怨懟的。

夜色淡了下去，天光開始放亮，孫守義看看窗外，離海川越來越近了。

雖然他奔波了一夜沒睡，可是他並不感到困乏，他用手搓了搓臉，打開車窗，讓外面的風吹進來。

早晨的涼風一吹，他越發清醒了，他覺得自己已經做好迎接一切挑戰的準備了。

在跟金達彙報完省裏開會的情況後，孫守義裝作不經意地問道：「金市長，市裏是不是準備將麥局長換掉啊？」

金達愣了一下，張琳是曾經跟他溝通過，不過當時商量之後的決定是先讓麥局長停職，其後並沒有什麼具體的動作，現在孫守義突然問起這件事來，金達就有點費思量了，他覺得孫守義可能是想讓麥局長早點下去，才提起這個話題的。

金達不想隨著孫守義起舞，便說：「現在還不好說，張書記還沒有明確說要撤換掉麥局長。」

孫守義越發確信張琳去省廳，事先並沒有跟金達商量過，他故意說：「金市長，您不要這樣子嘛，我是跟麥局長有點意見，好像我問這件事是有些想看笑話的意思，但您也不能連市委領導們都有了定論的事還不讓我知道吧？」

金達忙說：「老孫，你可別胡說啊，什麼叫有定論了？誰有定論了？」

孫守義指了指金達，說：「要保密是吧？您真是有原則啊。」

金達被弄糊塗了，他看了看孫守義，孫守義的樣子不像是在開玩笑，便說：「老孫，你什麼意思啊？我沒有爲麥局長保什麼密啊？」

孫守義笑說：「還裝啊金市長，想不到原來您的演技一流，真是看不出來啊。」

金達一臉困惑地說：「你說什麼啊，是不是你聽到什麼消息了？」

孫守義說：「您不知道嗎？昨天張書記已經去省公安廳，跟廳領導們溝通過這件事了，省廳已經原則同意更換掉麥局長了。」

就金達觀察，張琳對撤換麥局長這件事是很不積極的，說要停職調查都拖了那麼長時間沒動作，怎麼可能突然會跑到省公安廳去要求換掉麥局長呢？這顯然是搞錯了。

他搖了搖頭，笑笑說：「胡說八道，誰傳的謠言啊，這些人真是唯恐天下不亂啊。」

「看來金市長您是真的不知道這件事啊。好了，不耽擱您的時間了，我回自己的辦公室了。」孫守義說完就準備要走。

孫守義的態度讓金達困惑了起來，孫守義應該不會亂傳一些捕風捉影的謠言，看來一定有什麼消息是他不知道的了。

金達喊住了孫守義：「先別急著走，老孫，是不是你聽到什麼了？」

孫守義點點頭說：「我昨天在省城開完會之後，跟朋友吃了頓飯。席間，一個朋友是省公安廳的副廳長，他跟我聊起了麥局長的事，說張書記跟他們表達了要更換麥局長，據說張書記連接替的人選都考慮好了。聽他這麼說，我還以為市委領導們已經有定論了，沒料到您根本就不知道這件事情啊。」

孫守義邊說邊不時地偷偷觀察金達的臉色，看到金達的臉色明顯陰沉了很多，心中明白金達果然對被蒙在鼓裏有些發怒了，心裏暗笑了一下，看來自己這步棋是走對了。

孫守義接著說道：「不過，我想張書記很快就會把情況跟您說的，您也不必太介意啦。」

金達強笑了一下，被自己的副手知道張琳並不拿他當回事，讓他感覺很沒面子，可是他也不想表現的太沒風度，便說道：

「可能張書記最近太忙，沒來得及跟我說吧。」

金達語氣中的不滿已經十分明顯，孫守義覺得目的算是達到了，便笑了笑說：「是啊，您和張書記這些領導們都很忙碌，好了，沒事我就回去了。」

金達點點頭，沒再留孫守義。

孫守義走後，金達心不在焉的拿起茶杯喝了口水，心裏在想，張琳為什麼會突然改變主意要立馬將麥局長換下來呢？

老實說，金達對張琳瞞著自己去省公安廳這件事是有些生氣的，根本上來講，他對公安局長這個人選並沒有什麼想法，這一點他不同於孫守義，他不想在這件事上跟張琳發生什麼對立，也沒有想過要安排一個他自己的人馬做局長。但張琳爲什麼還要這麼防範他呢？還要瞞著他跟省廳談接任的人選？這裏面所包含的意味就有些複雜了。

不用說，張書記一定是把他歸於跟孫守義一派了。金達開始覺得需要重新權衡目前的局勢，重新定位自己的立場了。

既然無論如何都不會被認爲是中立的，那就只好選邊站了。金達心想：無論從哪個角度出發，他都沒有立場去跟張琳站到同一陣線去，那剩下來的就只有一個選擇了，就是跟孫守義站到同一陣營去。

那下一個問題就產生了，跟孫守義站到同一陣營去，誰來做這個陣營的主導人物呢？讓孫守義做主導，自己在側面呼應他，這是一個安全的做法；但如果有什麼好處的話，得利最大的，肯定是孫守義，壞處卻要他這個市長負領導責任。這麼做顯然只會好了孫守義，對他卻不是很有利的。

最好的做法應該是把孫守義做的事情接手過來，自己變成主導者，這樣雖然有些風險，卻是對自己最有利的。對孫守義來說，自己如果改變立場，跟他一起對付張琳，能夠幫他減輕壓力，也是他求之不得的事。

金達苦笑了一下，看來即使他不想攪進這場政治鬥爭中也是不太可能的了，金達有點被逼上梁山的感覺。

事態接下來的發展，越發讓金達有一種被壓迫的感覺。

張琳在常委會上直接宣布了免去麥局長職務一事已經初步取得省公安廳的同意。講完，張琳徵詢似的問金達：「金達同志，你看怎麼樣？」

事情果然跟孫守義說的一樣，金達心中有幾分惱火，心說：你連招呼都不打，直接就在常委會上把這件事情提出來，還把我放在眼中嗎？便看了張琳一眼，冷冷地說：

「您都去跟省公安廳的領導溝通完了，我還能有什麼意見啊？」

這態度明顯是不友善的，張琳看了金達一眼，覺得金達的反應有點太超過了，對他很不尊重。這也印證了他前段時間對金達的猜測，這傢伙果然是跟孫守義一起對付他啊。

張琳並沒有拿金達的態度當一回事，他有信心控制常委會的局面，就笑笑說：「金達同志既然沒意見，那別的同志呢？」

金達明明表達了他的不滿，卻被張琳置之不理，金達心裏十分氣憤，想要說些什麼，張琳卻已經把發言權轉給了別人，他如果再要說話的話，很可能就會跟張琳直接衝突起來了，金達只好努力壓抑著自己的怒火。

這一切都看在孫守義的眼中，不禁暗自樂道：這下子張琳真的把金達給惹惱了。

孫守義便趁機發言說：「張書記，我個人對您的建議有些不同的看法，我覺得這樣似乎對麥局長很不公平。」

張琳看了孫守義一眼，心中有些困惑，這傢伙是想幹什麼啊？原本他不是最想要換掉麥局長的人嗎？

張琳說：「守義同志，你這是什麼意思啊？哪裏對麥局長不公平了？」

孫守義說：「這件事是不是要先調查清楚來龍去脈再來做決定啊？不然的話，人家麥局長不一定心服口服啊。」

原來孫守義並不是說要為麥局長說話，而是想要對麥局長展開調查。張琳看了眼孫守義，他覺得孫守義這麼做是想要拖延時間，看來自己突然提出要撤換麥局長的動作打亂了孫守義和金達原有的佈局了，這兩個人才會跳出來阻撓這件事情。

張琳心裏冷笑了一聲，心說我這麼做就是想棄子爭先的，如果讓你們把時間給拖延下來，等你們從容佈局，我這一招豈不是失敗了嗎？便說：

「守義同志，這件事情已經是明擺著的了，那些照片並不是假的啊，調查下去只會讓我們海川市更加蒙羞的。再說，已經有很多市民在罵我們官官相護，包庇麥局長了，如果再爲了這些沒必要的調查拖延了時間，市民們還不知道怎麼罵我們呢。爲了挽回市府形象，我們必須果斷一點，快刀斬亂麻，儘快解決。別的同志還有不同意見嗎？」

張琳已經做出不想再聽孫守義意見的姿態了，孫守義覺得也犯不上去跟張琳爭論什麼，他只是不想讓張琳太輕易的就主導了常委會，並不是真的想要幫麥局長保住官位，現在目的達到，也就笑了笑不說話，冷眼旁觀，繼續表演下去了。

見沒有人提出反對意見，張琳便順勢說：「那就這樣決定了。」

常委會散會之後，孫守義跟金達走在一起，見金達有些悶悶不樂，便說：「金市長，怎麼樣，那天我跟您說的不假吧？」

金達說：「我也沒說你說的是假的啊？」

孫守義笑笑說：「我們的張書記開始變得有魄力多了，看來公安局長一定是那個省廳的法制處長了。」

金達看了眼孫守義，說：「老孫，這可不要瞎說，人事方面的事是組織上安排的，可不是哪個人就能決定的。別人說這種話還情有可原，我們再這麼說就不應該了。」

金達剛才在常委會上明確表達了對張琳的不滿，按說他應該有進一步的動作。但現在這副守規矩的樣子，似乎又把對張琳的不滿壓了下去。

金達這是縮了回去，還是準備背後搞些小動作呢？孫守義摸不清金達在想什麼。

管他呢，反正自己已經把姜非這個人跟趙老談過了，趙老說會做必要的安排的，所以就算金達不做什麼，也絕不會讓張琳稱心如意的。

北京。

正在駐京辦上班的傅華接到了鄭堅的電話。

他遲疑了一下，從那次鼎福俱樂部之後，傅華就再沒跟鄭堅聯繫過，一來他有些氣鄭堅幫著湯言捉弄他；二來也是聽了鄭莉的話，知道湯言並不是什麼善類，還有情敵這一層關係在，他覺得還是少跟湯言那幫人打交道的爲妙。不過鄭堅總是鄭莉的父親，就算是生氣，傅華也不好不接他的電話，便按下了接通鍵。

「小子，這麼久才接我電話，是不是還生我的氣啊？」電話一接通，鄭堅的聲音就傳了進來：「那晚是湯言說要試試你，跟你開個玩笑而已。」

傅華笑笑說：「我如果還生氣的話，根本就不會接了，有事嗎？」

鄭堅小小抱怨地說：「什麼叫有事嗎？你忘了你還讓我幫你找海川重機的買主呢，你過來我這兒一下，我們聊聊。」

傅華頓了一下，問道：「你不會找的是湯言吧？」

鄭堅反問道：「小子，湯言怎麼了？我跟你說，你去打聽打聽，在資本運作這一行，誰不知道湯少的大名啊，他要接手你們海川重機，是你們海川市的福氣，知道嗎？你就等著海川重機的股價往上漲吧。你趕緊過來吧，我帶你過去見他。」

傅華淡淡地說：「也許湯言真的像你說的那麼厲害，但是這件事，我覺得還是不去麻煩他比較好。」

鄭堅愣了一下，說：「怎麼小子，說了半天你還在記恨那件事情啊？」

傅華說：「沒有，我已經忘記了，只是海川重機這件事，我還是不參與的比較好。」

鄭堅不滿地說：「小子，是你說讓我幫你找買家的，現在我幫你找到了，你又說什麼不想參與了，你拿我耍著玩啊？」

傅華笑說：「不好意思啊，我改變主意忘記告訴你了，這是我的錯，對不起。」

鄭堅教訓傅華說：「你別笑嘻嘻的跟沒事人一樣，小子，你這種公私不分的做事風格，會更讓人看不起的。」

傅華聽了就有點惱火，心說你有什麼資格這麼來說我？我雖然沒湯言那麼有錢，但我也沒跟你要求什麼，反而是你夥同湯言來耍我，我沒找你興師問罪就已經不錯了。

想到這裏，傅華心裏越發有氣，就不客氣的說：「無所謂啦，反正從一開始你就看不起我。」

傅華說完，沒等鄭堅有什麼反應，就扣了電話。

扣了電話後，傅華坐在那裏愣了半晌，他在想自己是不是做得有點過分了？雖然鄭堅對鄭莉看上他有些意見，但是除了這一次，鄭堅對他都還維持著很友好的態度。現在扣了鄭堅的電話，關係就算鬧僵了，再見面可能就不太好相處了。

可能真的是因爲湯言曾經跟鄭莉有過往來，讓他有些難以掌控自己的情緒吧？管他呢，不好見面就不好見面吧，頂多少去鄭堅那裏就好了，反正鄭莉也不是很喜歡去她父親和繼母的家。

不過鄭堅說湯言在資本運作這一行中是高手，讓傅華心裏多少警惕了起來，他眼前又浮現出湯言那陰厲的眼神，他想找人打聽一下湯言的底細，可是找誰比較好呢？

一開始傅華想到了談紅，談紅對證券圈內一些像樣的人物應該有些瞭解的。但是如果找談紅的話，就會讓談紅知道他在跟湯言打交道，這裏面牽涉的有些事不好跟談紅解釋。

想來想去，他覺得還是問一下賈昊好了，賈昊雖然現在淡出證券業，可是他在這裏面經營了多年，人脈資歷各方面都比談紅還要勝上一籌，也許從他那裏可以瞭解更多關於湯言的情況。傅華就把電話撥了過去。

第五章

股市獵莊

賈昊說：「做證券這一行的人，很多人做事都很隱秘，所以湯言做過什麼我並不是很清楚，不過行內傳言，湯言是從股市中獵莊起家的。」

傅華沒有聽懂，問道：「獵莊，這是什麼意思啊？」

「師兄啊，你在辦公室嗎？」

賈昊說：「我不在辦公室，我現在在山西出差呢。」

傅華愣了一下，說：「好好的你去山西幹嘛？」

賈昊說：「我來這邊分行有點業務要處理。」

傅華隱約覺得賈昊去山西，可能與那個山西煤老闆于立有關，便問道：「師兄，你不會是爲了于立才過去的吧？」

賈昊馬上否認道：「瞎說，我是來這邊做檢查工作的。」

傅華聽出賈昊否認的口氣中有一絲慌張，越發確信賈昊這一趟是爲了于立而去的。賈昊還不敢承認，說明賈昊這次去辦的並不是什麼上得了臺面的事。他有些無奈，這個師兄還真是舊習難改啊。

賈昊接著問道：「誒，你找我幹什麼？」

傅華說：「我想跟你打聽一個人，湯言這個名字你聽說過嗎？」

「湯言?!」賈昊叫了起來：「你怎麼會跟這個人扯上關係啊？你不會是爲了那個海川重機重組的事情吧？」

傅華說：「你還真知道這個人啊？」

賈昊說：「當然了，在證券圈裏，誰不知道這個湯少啊？我雖然離開證券圈，可是有些人的名字還是不會忘記的。」

「那他是一個什麼樣的人啊？」傅華打聽著。

賈昊說：「這傢伙底子硬，手法高，心夠狠，是證劵圈裏殺手一類的人，小師弟啊，這種人我勸你還是不要碰的比較好。」

傅華心說，哪裡是我想要碰他啊，完全是被硬扯到一起去的，要不是鄭堅把鄭莉介紹給湯言，我可不願意跟這個湯少扯到一起。還好自己沒有答應鄭堅，去跟湯言談什麼海川重機重組的事。

傅華就說：「這傢伙這麼厲害啊？」

賈昊說：「做證劵這一行的人，很多人做事都很隱秘，所以湯言做過什麼我並不是很清楚，不過行內傳言，湯言是從股市中獵莊起家的。」

傅華沒有聽懂，問道：「獵莊，這是什麼意思啊？」

賈昊解釋說：「這是行話，就是在股市中跟蹤莊家，鎖定莊家成本，持續追蹤莊家，透視莊家意圖，然後隨莊起舞，從中賺錢。股市坐莊的人，都是些手法高超的人，你能避開他們的獵殺就已經很不錯了，還要從他碗裏搶肉吃，那真是不容易的。行內傳說湯言是獵過幾個大莊，有了第一桶金，然後才在股市中興風作浪的，聽說這傢伙這些年來一直沒失手過，算是高手中的高手。這種人不會真的想要去拯救你們的海川重機，他只會想要炒

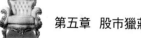

作股價，從中謀取暴利。所以我勸你小師弟，不要沾惹他比較好啊。」

傅華說：「我明白了，我心中有數。你什麼時間回來啊？」

賈昊說：「還要等幾天吧。這邊的事情辦完了就會回去的。」

傅華說：「那等你回來請你吃飯。」

賈昊答應了。

從賈昊的話，傅華更印證了自己之前的判斷，看來自己拒絕鄭堅並沒有做錯，於是他就把這件事情放了下來，不再去想它了。

海川。

金達從常委會開完之後，心裏就憋了一口氣，現在的張琳越來越不拿他當回事了，這樣子下去，張琳就會越來越掌控海川的局勢，海川會越來越沒有他金達的位置，這可絕對不行。

金達雖然並沒有跟孫守義發洩自己的不滿，可是他的不滿，可能海川政壇上的人都已經看到了。金達明白，張琳之所以不跟自己通氣就閃電決定換掉麥局長，其實就是想安排他的人馬上來，他不能讓張琳的如意算盤繼續這樣子打下去，金達決定要採取行動了。

不過，他不想跟孫守義商量，他心中是有些討厭孫守義那種做事的方式的，因此即使兩人的立場一致，他也不願意把自己的意圖完全暴露給孫守義，他擔心孫守義有一天會為了利益牽扯而將他出賣了。

這件事也不能跟傅華談，現在的情形來看，孫守義跟傅華關係比較親密，跟自己反而有些疏遠，跟傅華談的話，說不定轉過頭來就會被孫守義知道的。

金達就有些撓頭了，這時候他十分需要有個人來跟他談一下，分析一下利弊，他才能理清思路，決定該怎麼去進行下一步。

他想了半天，看來要去找省委書記郭奎了，跟郭奎反映一下海川市目前的狀況，就算不能阻撓張琳，起碼也讓郭奎瞭解一下他目前的困境。在這方面，郭奎的政治經驗就豐富多了，也許自己能從他那裏獲得什麼啓示呢。

金達就打電話給郭奎，說自己有事情要跟他彙報，郭奎聽了說：「行啊，秀才，你過來吧。」

金達也沒跟張琳打招呼，只跟孫守義說了句要回齊州家裏看看，然後把手頭的事情安排了一下，就回了齊州。

到了齊州，金達沒回家，跟郭奎聯繫了一下，就直接趕到了郭奎的辦公室。

郭奎看到金達，高興地說：「秀才啊，我也正想跟你聊聊呢，坐吧。」

坐定後，郭奎問說：「你不是說有事情要跟我彙報嗎，什麼事情啊？」

金達說：「最近海川鬧得沸沸揚揚的公安局長事件，您聽說了吧？」

郭奎笑了起來，說：「現在是網路世界，網路上的訊息又快又多，我這個省委書記如果不關注網路的話，會被別人說孤陋寡聞的；更何況這件事那麼吸引眼球，我怎麼可能不知道呢。你們市裏面準備拿這件事情怎麼辦啊？」

金達說：「張琳同志決定撤換掉這個公安局長，已經跟省公安廳做了溝通。」

郭奎看了金達一眼，笑了笑說：「我怎麼聽你的話是話中有話啊？你說這是張同志的意見，那你的意見呢？」

金達不禁笑說：「還是郭書記了解我，我其實也是尊重張同志的意見，現在的公安局長是應該換掉了。」

郭奎看著金達，猜說：「下面是不是就該說『但是』了？」

金達點點頭，說：「是，我認爲現任的局長換掉是應該的，但是繼任的人選，我希望省公安廳能夠慎重考慮一下。按說，我是不應該去干涉人事方面的安排，不過考慮到海川目前的狀況，一個像麥局長那樣軟弱的局長根本不足以應付，海川現在十分需要一個強有力的公安局長坐鎮，這點，郭書記您能不能幫我跟省公安廳的同志說一下啊。」

郭奎忍不住笑說：「秀才，你現在也會走上層路線啦，呵呵，不錯啊。」

金達自從成爲海川市市長之後，基本上跟郭奎保持了一定的距離，他很少去找郭奎要求幫他做一些什麼人事方面的安排。他並不想讓人以爲他是郭奎提拔起來的，就事事都要依靠郭奎。

金達苦笑了一下，說：「我這也是沒辦法，我覺得海川不能繼續這個樣子下去了。尤其是公安方面，張書記老是這麼軟弱，放縱某些人，海川市會被搞亂的。」

郭奎笑說：「你說的這個某些人，是指孟森吧？」

金達愣了一下，說：「郭書記，您也知道孟森這個人？」

郭奎笑笑說：「我這裏告這個傢伙的舉報信有一疊呢，我怎麼能不知道他呢？這傢伙挺強橫的啊，還敢跟孫守義同志當面叫板。」

這下子金達更加呆住了，原來郭奎不但知道孟森這個人，還知道孟森跟孫守義之間較勁的事情啊。

郭奎說：「你不用奇怪，守義同志是中央派下去交流的幹部，省裏不能讓他有什麼閃失，自然會多注意他一點。秀才啊，你這人有時候就是缺乏一點主動性，像孟森這種人早就該想辦法打掉了，我想你早就看不慣這個人了吧？」

金達點點頭，說：「這傢伙做事完全是黑社會的作風，在海川市欺行霸市，包娼包賭，十分惡劣，我的確是早就看不慣了。」

「但你還是有所顧慮，沒對他採取什麼行動啊？」郭奎說。

金達有些慚愧地說：「這個孟森跟孟副省長關係很不錯，跟海川市的一些幹部多有勾結，我對此有些顧慮，所以就沒採取什麼行動。」

郭奎說：「這裏面還有張琳同志的因素吧？」

金達點了點頭：「張琳同志向來主張穩定，所以有些事，我這個配合他的二把手就不能有太過激進的表態。」

郭奎點了點頭，評論說：「這個張琳同志啊，做事穩妥是他的優點，不過有些事情他爲了穩定就縮手縮腳就不應該了。你呢，爲了維持班子的團結，尊重同志的做事方式，這點也是對的；不過有些事是原則問題，一旦牽涉到原則問題，就不能一味的去忍讓。這一點，孫守義就做的比你好。」

金達從郭奎的話中聽出似乎孫守義已經做了什麼，可是郭奎卻並不跟他作進一步的說明，只是笑了笑說：

「秀才啊，有些事情呢，省裏都很清楚，必然會做出正當的安排的。以後有關原則問題，該堅持的就堅持，不要一味的爲了維護班子內部的和諧就去妥協，正當的事情就要支持，我的話你聽明白了嗎？」

郭奎的話是在暗示金達在某些方面可以態度鮮明一點，尤其是在打擊孟森不法行爲這件事上，看來省裏似乎對張琳在海川的表現很不滿意，對孫守義在海川所做的事則是持支持的態度。這給金達指明了行動的方向，他知道回海川後，自己該怎麼做了。

金達便回答說：「我明白了，郭書記。」

郭奎笑笑說：「明白了就好。秀才啊，你那個海洋科技園現在搞得怎麼樣了？怎麼最近好像沒什麼聲音了？」

金達回說：「海洋科技園現在進展得很不錯啊，好幾個大學的海洋生物研究所都進駐了我們海洋科技園區，正熱火朝天的大搞基礎建設呢。」

郭奎聽了，質疑地說：「建設的很好？是嗎？那怎麼省裏都沒你們海洋科技園區的什麼消息啊？」

金達回答：「現在正在基礎建設階段，我們想等建設好了再拿給省裏面看。」

郭奎語重心長地說：「秀才，你怎麼還是那種做學問時的作風啊，只知道低頭做事，卻不知道抬頭看人，這樣子是不行的。要把事情做扎實，這很好，不過呢，適當的做做宣傳也是很必要的。不知道你覺不覺得，很多事情，過程才是最吸引人的，結果如何反倒沒那麼重要了，不是嗎？」

金達點點頭，說：「這倒是，人享受的是過程。」

郭奎又提點他說：「有些事情，做了就要讓別人知道，如果做了別人卻不知道，某種程度上就等於是沒做。這裏面是有很多技巧的，作爲一個市長，這方面你要多學著點，不然的話，吃虧的不僅僅是你自己，還有你所管轄的這個城市。畢竟出了成績之後，你所管轄的城市也能相應的獲得很多的好處，不論是項目還是資金，省裏都會向做出成績的市傾斜的，這一點你又不是不知道。」

郭奎說到這裏，看了看金達。

金達苦笑著說：「知道是知道，可是做起來就很難，可能是我個性上的原故吧，我不是那種喜歡張揚自己的人。」

郭奎笑了笑說：「你什麼個性我很清楚，所以我才要提醒你啊。你如果是做別的行業，那就無所謂了，可是在官場上，你就不能這個樣子，官場上可不興什麼桃李不言下自成蹊的事啊。我倒不是說讓你像某些人那樣，過度的渲染自己。我說的是，你明明做了十，就算因爲性格的原因你喊不到十，起碼也要喊出個四或五吧？不然的話，誰知道你做了什麼啊？」

金達不好意思的說：「郭書記，您批評的是，宣傳方面我做的確實不夠好。」

郭奎看金達略有羞澀的樣子，心裏暗自搖了搖頭。

他對金達很瞭解，可能就是因爲金達這種樸實忠厚的個性，他才會那麼信任金達，但這是金達的優點，卻也是他的短板。海洋科技園區是與東海省目前藍色經濟發展規劃高度吻合的項目，金達的設想也很具超前意識，這要換到別的市長手裏，怕是早跳起來嚷嚷著他都做了什麼的。

可眼前這個傢伙，卻只是悶聲不響的在大搞基礎建設。說什麼等建成了再拿給省裏看，主官的任期就那麼短短幾年，等建成，別說金達了，自己這個省委書記都有可能換地方了。

郭奎不想看著自己的愛將這樣子下去，如果在這個時候再不提點一下這個傢伙，這傢伙還不知道什麼時候能醒過味來呢。

郭奎便又說：「秀才，發展經濟才是目前你最應該關心的，別讓那個孟森的問題搞得你失去了焦點，孟森的事你就放手讓別人去搞吧，你還是專注到你最應該做的事情上面去。海洋經濟原本是你首先向我提出來的，省裏面也在拿這個作爲我們省未來的發展方向。可是具體要怎麼做，大家都在摸著石頭過河，沒有清晰的思路，這時候你如果能蹚出一條路來，對東海省來說可是功莫大焉。這才是重中之重，所以呢，你不要老是停留在海川市的高度上去想問題，要把自己放到全省的高度上去想這個問題，這樣才能顯現出你的戰略眼光。」

金達看了看郭奎，說：「全省的高度，這個應該是您和呂紀省長才可以有的吧？我應該還不夠格吧？」

郭奎笑笑說：「秀才，你的思想還是沒完全放開啊，怎麼，你是海川市市長，就只能考慮海川市的發展啊？你不要被海川這個窠臼限制住你的視野，要跳出海川來考慮發展海川經濟，這樣你的視野才能更廣闊，才能更好地把握住發展的脈搏。記住一點，老是按照套路出牌，是做不了贏家的。」

金達知道郭奎這是在拿幾十年的政治經驗教誨他呢，若不是很信任愛護他，是不會跟他說這些話的，他心裏很感激，連連點頭。

郭奎說：「海洋科技園的事情，我記得呂紀同志也很關心吧？」

金達點點頭，說：「是啊，呂紀省長對這個項目很支持，省裏還為此專門撥了不少的款項給海川呢。」

郭奎提醒說：「既然是這樣子，你可要多跟呂紀同志做做彙報啊，最好是能請他下去看看你們的海洋科技園區的建設狀況。讓他對你這個項目心中有清晰的概念，這樣子他才能更好地盡量給你提供支援。」

金達說：「我回去馬上就準備跟呂省長彙報的資料，專門找他彙報一次。」

郭奎滿意地說：「這就對了嘛，這才是你應該做的事情。秀才啊，回頭等呂紀同志下去之後，我也會安排去海川看看的，我對你這個海洋科技園區也挺感興趣的。」

親自去調研，這是郭奎對自己的莫大支持，金達感激地說：「謝謝您，郭書記，我一定好好做，不辜負您對我的期望的。」

從郭奎那裏出來，金達滿心興奮地回到家中，這一次來省城還真是來對了，郭奎不僅點出了他跟和孫守義要如何相處，還告訴他下一步真正應該做的事情是什麼。

最近，他被孫守義和張琳之間的較勁搞得亂了章法，都忘記一個市長最主要的任務還是要發展這個城市的經濟，而不是去跟著搞什麼政治鬥爭。

搞政治鬥爭本來就不是他擅長的事，還不如老老實實的做發展經濟這方面的事。金達就在心裏開始籌畫要如何跟呂紀彙報海洋科技園區的發展狀況。

萬菊回家看到金達，意外地說：「老公啊，你回來也不跟我說一聲？」

金達說：「我是來向郭書記彙報事情的，彙報完，就順便回家來看看。」

萬菊把皮包放到桌子上，說：「看你的心情似乎很不錯，郭書記表揚你了吧？」

金達笑笑說：「什麼呢，郭書記狠批了我一頓，不過他完全是基於愛護我才會那麼批評我的。經過他這次的批評，讓我意識到自己很多的不足，解決了不少困惑我很久的問題，所以我心情才會這麼愉快。」

金達這時看到萬菊放在桌上的皮包，這個皮包既嶄新又時尚，便問說：「你什麼時候換皮包啦？」

萬菊炫耀地說：「怎麼樣，好看吧？」

金達看到了皮包上的名牌標誌，便說：「是挺好看的，挺貴的吧？」

萬菊含混地說：「是朋友從香港帶回來的，我也不知道多少錢。」

金達愣了一下，說：「你不知道多少錢就接人家的禮物啊？什麼朋友啊？」

萬菊被金達審視的眼光看得有點不高興了，說：「你別用這種眼神看我好不好？你當個破市長我沒跟你沾上光不說，還動不動就懷疑我，好像天下的人都一門心思的想要害你這個市長似的。我就不能有自己的朋友了嗎？」

金達解釋說：「不是的，老婆，你要小心那些別有用心的人。這個牌子我聽過，是法國名牌，很貴的，你什麼朋友能送你這麼貴重的東西啊？」

萬菊有點惱火的瞪了金達一眼，說：「你知道什麼啊，人家這是在香港買的打折品，打折你知道嗎？香港每年都會在淡季的時候把一些賣不動的商品低價打折處理掉。我那個朋友這次是在香港買了一大堆這種便宜貨，看到我的包很舊了，就送了一個給我。」

「那你給人家錢了嗎？」金達不放心地問。

萬菊辯解說：「我本來要給的，可那朋友說什麼都不要，他說沒幾個錢，我就沒跟他堅持了。」

金達聽了斥責道：「哎呀，你怎麼這個樣子啊？占人家這種小便宜幹什麼啊？」

萬菊越發不高興了，說：「什麼占人家便宜啊？朋友之間這種禮物的往來不是很正常嗎？你怎麼回事啊，輕易不回來，一回來就對我橫挑鼻子豎挑眼的，幹嘛啊？」

金達聽了萬菊的話，不好再說什麼，確實他難得回來一次，再跟萬菊爭執下去，好像就有點過分了。

金達便笑笑說：「好了，我不就是說了幾句嗎？什麼橫挑鼻子豎挑眼的啊。吃飯吧，我已經餓了。」

一家人就坐下來吃飯了，金達的心思很快又轉到要如何去跟呂紀彙報海川科技園區的事上面去了，關於名牌包的事情也就沒往深處去想。

第二天，金達趕回了海川。

回海川後，他不再去管什麼公安局長人選的問題，也不去想孫守義下面會做什麼動作，只是把海洋科技園區的管委會領導們找了來，聽取了園區建設的進展情況，然後指示園區領導們儘快把建設發展狀況總結一下，做成彙報資料給他。

孫守義看金達再次回避了他跟張琳之間的矛盾，未免有些失望，原本他還期待金達從齊州回來之後，會對張琳有些反擊的動作。結果金達不但沒做什麼反擊，反而跑去搞什麼海洋科技園區去了，明顯是不想摻合到他跟張琳之間的較勁，看來這個金達也是一個怕事的人啊。

張琳自然很樂見金達這麼做，金達一去齊州，就有人私下跟他彙報了金達的行蹤。張琳就猜測金達一定是跑去跟他的靠山郭奎訴苦去了。心裏原本還有些擔心郭奎對自己處理麥局長這件事有什麼不滿呢。

可是看到金達回來，什麼都沒說，就一頭扎進海洋科技園去，張琳把這當做他又獲得了一次勝利，心裏十分高興。

他已經跟省公安廳法制處的王處長談過了，兩人本來就是很熟的朋友，王處長對此十分感激，跟張琳表示，如果這件事情能成的話，他不會忘記張琳對他的幫助的。

現在東濤在省公安廳正在為王處長上下打點，省公安廳的關鍵領導也都允諾說會支持王處長出任公安局局長。現在只等相關部門走完必要的程序，王處長就能順利的走馬上任了。現在整個海川的局面都在自己的掌控之中。

想到金達和孫守義費了半天勁才把麥局長搞掉，張琳心裏不禁一陣冷笑，心說你們搞掉一個麥局長又能怎麼樣呢？新來的公安局長還是跟我同一陣線的，你們的如意算盤還不是徹底落空了！

下一步就是要怎麼把舊城改造項目的主導權給拿過來了。張琳對此已經盤算好了，他會以舊城改造是海川的重點項目，為了更好搞好這個項目的名義，把這個項目抓到自己的手中；他將親自出任領導小組的組長，主導這個項目的整個過程。

等金達把舊城改造項目的投標方案拿出來後，他就會要求把這個方案提交給市委常委會討論，然後趁機把主導權給拿過來。

現在張琳在常委會上是佔優勢的，到時候金達和孫守義就算是不願意，也無法改變整個局勢。估計到那時候，金達和孫守義一定會把鼻子都給氣歪了。

他想到兩人氣急敗壞的樣子，臉上忍不住露出嘲諷的微笑。原來政治角力當中還有這麼多的樂趣啊，跟對手鬥智確實是樂趣無窮，尤其是一切局面都在自己的掌控中時。

此時張琳才真正感受到做一個市委書記的美妙滋味，他開始明白爲什麼很多人就算是打破腦袋，也要爭取坐到這個位置上了。

晚上，一身疲憊的傅華回到家裏，鄭莉已經做好了晚飯。

吃了一會兒，鄭莉看了看傅華，說：「老公，你還在跟我爸爸生氣嗎？」

傅華說：「怎麼了？」

鄭莉笑笑說：「也沒什麼，周娟打電話來，想要我們這個週末過去吃飯，特別叮嚀我，說一定要叫上你，這一看就知道是我爸爸特別安排的，一定是他不好意思直接找你，才讓周娟出面的。」

傅華說：「他是不好意思直接找我，上次他打電話來，被我掛了電話。小莉，如果我說不去你爸爸那兒吃飯，你會不會生氣啊？」

鄭莉說：「生氣是不會啦，可是我覺得我的老公不會那麼小氣，他都已經示弱了，你還想怎麼樣啊？」

傅華笑說：「這個意思就是你想要我過去了？其實我不過去，倒不是因爲我還在生他的氣，而是似乎你爸爸和湯言看上了海川重機，在打它的主意，我有些不想摻和進這件事裏去。」

鄭莉問：「我爸爸跟你提過這個了嗎？」

傅華說：「你以爲他上次打電話給我是想道歉嗎？他才沒那麼好心呢，他是想讓我去見湯言。我說不想讓湯言摻合到這件事情裏，他就說我公私不分，讓他看不起。」

男人都是有自尊心的，被人捉弄完了還要再去求人家幫忙，就算傅華這樣子的男人恐怕也很難低這個頭，這一次爸爸是做得有點過分了。

鄭莉氣呼呼地說：「我爸怎麼這樣子啊？太過分了。老公，你如果不想去的話，那我就跟周娟說我們這個禮拜沒時間，不去了。」

傅華笑笑說：「算啦，我們還是去吧，他畢竟是你父親，我總不能一輩子都跟他避不見面吧？」

鄭莉想了想說：「那這樣，等見了面我說說他，讓他做事有點分寸，別把大家搞得都不愉快。」

傅華說：「你爸那個人你又不是不清楚，你說他幹嘛啊，算啦，去吃頓飯緩和一下關係就好了，別再鬧僵了。」

週末，傅華和鄭莉去了鄭堅家。

周娟開了門，看到傅華，便立即打圓場說：「傅華，你也知道老鄭的脾氣，給我個面子，別跟他計較好嗎？」

傅華笑了笑說：「我已經沒事了。」

鄭莉說：「阿姨，我爸呢？」

周娟指了指書房，說：「他面子有點下不來，躲在書房裏面呢。」

鄭莉點點頭說：「我去找他。」

傅華拉住了鄭莉，說：「解鈴還須繫鈴人，還是我去吧。」

鄭莉看了傅華一眼，說：「你去也可以，可不要再跟他吵架啊。」

傅華說：「行了，我有分寸的。」

傅華就去敲了書房門，推門走了進去。

鄭堅也不知道是真的在看書還是裝的，正拿著本書低著頭坐在那裏，傅華進去他也沒抬起頭來。

傅華走過去，說：「什麼書這麼好看啊？」

鄭堅這才抬起頭來，看了看傅華說：「是你小子啊。」

傅華笑說：「好啦，別裝了，你又不是不知道我和小莉今天要來吃飯。」

鄭堅說：「我裝什麼啊？我不過是在看書，太專心罷了。小子，這段時間你的脾氣倒是見長啊，竟然還敢扣我的電話了，真行啊。」

傅華說：「誰叫某些人胳膊肘往外拐，幫著別人來欺負自家人呢？」

鄭堅哼了聲，說：「小子，你以為我真是跟湯言合起夥來要欺負你啊？我是想要讓你見識一下我們這行中，那些真正的翹楚過的是一種什麼樣的生活。」

傅華調侃地說：「哦，那我算是見識過了，邁巴赫、俱樂部、漂亮的陪酒小姐，這些並沒有什麼啊，這並不是我喜歡的東西。倒是你，原來你這麼喜歡夜總會那個調調啊，要不要我跟周娟講講那一晚你都做過什麼啊？」

鄭堅緊張地說：「小子，我那晚是帶你開眼界，你可別來害我啊？不過你那晚手腳也不老實啊，要不要我也跟小莉說一下啊？」

傅華笑了笑說：「我早就料到你有這一手了，那天我回去就把情況跟小莉說了。」

鄭堅氣呼呼地說：「算你狠，連這也威脅不了你。」

這時鄭莉推門進來，問說：「你們倆聊什麼聊得這麼高興啊？」

鄭堅笑笑說：「沒什麼，這小子在埋怨我那天跟湯言耍他那件事情呢。」

鄭莉不禁抱怨說：「爸，這件事我就要說你了，湯言跟我的事不早就是過去式了嗎？你又帶他跟傅華見面幹什麼啊？你是存心添亂啊？」

鄭堅辯解說：「誒，小莉，是這小子求我幫他找海川重機的買主，我也是出於幫他的好意啊。」

鄭莉說：「你別狡辯了，難道這世界上只有湯言有能力接手海川重機啊？」

鄭堅說：「那倒也不是，我是想讓這小子見見你本來應該是過一種什麼樣的生活，讓他看看湯言過的是什麼生活，他過的又是什麼生活。」

鄭莉不高興地說：「爸，你什麼意思啊？我跟傅華的生活過得挺好的，你閒著沒事瞎攪合什麼啊？」

鄭堅不滿地說：「什麼叫你們的生活過得挺好的，這小子不過是個小小的駐京辦主任，芝麻大的一點官，成天爲了他們市裏面的事情求張求李的，累不累啊？他不累我看著都累。跟你說實話吧，我帶他去跟湯言見面，並不是爲了要羞辱他，而是要告訴他，成功的男人應該是個什麼樣子，讓他知道他跟這社會上的成功人士有多大的差距。」

鄭莉看了鄭堅一眼，說：「你讓傅華知道這些幹什麼啊？」

「我是想讓他別做那個受氣的駐京辦主任了，費那麼大勁求爺爺告奶奶的把事情辦成了，他拿的也還是那麼多的工資，還不如索性下來跟我進證劵業這個圈子呢。」

說到這裏，鄭堅又對傅華說：「小子，我跟你講，如果你跟我進這個圈子的話，你的天資也不差那個湯言多少，再加上我的提點，五年之內，我估計你就能超過他的。」

傅華有點哭笑不得的感覺，對鄭堅說：「我如果想賺錢的話，早就去賺了，不用等到今天。」

鄭莉也說道：「爸爸，你讓我說你什麼好呢，你能不能給我們一點空間，不來干涉我們的事情啊？跟你說，我和傅華現在過得很快樂，這方面不用你來操心了。你怎麼老是這個樣子啊？當初你來干涉我的生活，我不是已經告訴你，我不用你來幫我安排什麼了嗎？現在你又想幫傅華安排生活，你累不累啊？」

鄭堅的臉沉了下去，說：「傅華跟你不同，你是個女人，沒什麼事業也無所謂。傅華他是男人，有義務照顧你的一生。男人沒有事業是不行的，你看爸爸這個樣子，走到哪裡，人都很尊敬，爲什麼啊，還不是我的事業擺在那裏?!他現在有什麼啊，就一棟房子，還是沾前妻的光才有的。將來你們還會有小孩，他現在這個樣子，我鄭堅的外孫一切都要最好的，小子，你現在做這個駐京辦主任，能辦得到嗎?你能嗎?」

傅華還真是被問住了，以他現在的收入，在北京連棟房子都買不起，更別說提供給孩子最好的生活條件了。

鄭堅瞅了他一眼，毫不客氣的說：「看你的樣子就知道不行，小子，我也看出來了，你這個人的個性並不適合現在的官場，何不趁早改行，跟我做資本運作算了，憑真本事賺錢不比你做那個小官僚強啊？」

一直以來，傅華都自認自己還算是不錯的，可是被鄭堅這幾句話把他的這點自我良好感覺給徹底打掉了。認真說起來，他這個駐京辦主任還真是算不了什麼，別說去跟湯言比了，就是鄭莉的收入也不是他能比得上的。

傅華還從來沒被人這麼蔑視過，他十分的沮喪，第一次感覺到跟鄭堅、蘇南、趙凱這些有錢人還是有著很大的差距的。他以爲能靠精神的力量來填平這個差距，但是在某些人眼中，這個差距始終是真實存在的。

傅華不知道該怎麼去回答鄭堅，他苦笑了一下，就往書房外走去。

鄭莉一把拉住了他，說：「老公，你幹嘛啊？不要被我爸幾句話就唬住了。他有什麼資格這麼說你啊？什麼照顧好孩子，我當年還不是被他扔給了爺爺。」

鄭堅說：「小莉，那時候是情況特殊，我出去還不是爲了賺錢。」

鄭莉瞪了鄭堅一眼，說：「賺錢就那麼重要嗎？錢錢錢，你的生活是不是就只有錢啊？我可沒忘記當我最想要父母在我身邊的時候，你們卻都不在。在我眼中，親情才是最重要的。傅華是沒賺多少錢，可是我們在一起過的很充實，很快樂，比你們那種靠物質支撐起來的生活要強不止百倍。我警告你啊，別再拿你的那一套標準來衡量我和傅華的生活了，我也不准你和湯言再來攪合傅華的事情。否則的話，別說我對你不客氣。」

鄭堅聽了鄭莉的話也火了，眼睛瞪了起來，說：「小莉，你怎麼跟爸爸說話的？」

鄭莉毫不客氣的瞪著鄭堅，說：「我說的是事實，這件事我忍你很久了，你看看你都做了什麼？誰家的爸爸會領著女婿去夜總會玩呢？要不要我把這件事告訴爺爺啊？讓爺爺評評理，你這麼做是不是一個好父親啊？」

「你……」

第六章

頂級富豪

傅華被嗆了一下，某種程度上，他也不能不佩服湯言的這種賺錢能力，便笑笑說：「別說，對湯少你，我還真是望塵莫及啊。小羅，我給你介紹一下，這位是湯言湯少，你好好認識認識，這可是頂級的富豪啊。」

鄭堅語塞了，他對鄭老是心存畏懼的，而他做的某些事情還真是不能跟鄭老說。

鄭莉瞅了鄭堅一眼，說：「怎麼，沒話說了吧？」

鄭莉說完，轉身去拉傅華的手，說：「老公，我們走！人家既然這麼看不起我們，我們再留下來也沒什麼意思了。」

傅華這時反倒有些於心不忍了，畢竟鄭堅本來是放低了身架，請他們來吃飯和好的，誰知道會是這樣的一個結果？

他看了一眼鄭堅，鄭堅也在看他，鄭堅一副欲言又止的樣子，似乎是想留他們卻拉不下臉來。

鄭莉拽了傅華一把，說：「別看他了，再看多少眼，人家也是看不起你的，這個地方一股子銅臭氣，不是我們待的地方，我們走。」

傅華就和鄭莉走出了書房。

到了外面，周娟正在餐廳忙活著，看到兩人出來，招呼說：「飯一會就好了，你們先在那裏看看電視好了。」

傅華有些不好意思，這頓飯是周娟出面邀請的，周娟也忙活了半天，現在一點不吃就要走，對周娟有些不禮貌，便說：「阿姨，我和小莉還有事，先走了。」

周娟愣了一下，這時才注意到鄭莉的臉色很不好看，便猜到父女之間可能是發生爭吵了。便說：「你們有什麼事啊？不是說好了要在這裏吃飯的嗎？小莉啊，你爸又惹你生氣了？你們看我的面子，別跟他去計較了，留下來吧。」

鄭莉冷冷的說：「哪裏，是我們不好，不能讓他老人家高興。好了，我們走了。」

傅華有點尷尬的說：「阿姨，不好意思啊，今天我們實在沒辦法留下來。」

傅華話還沒說完，就被鄭莉拽著出了鄭堅的家。

出門上了車，鄭莉臉一直沉著，傅華也不敢問她去哪兒，就發動了車子，先離開了鄭堅住的社區。

傅華漫無目的的開了一會兒車，看看鄭莉的臉色和緩了很多，這才笑了笑說：「消氣了嗎？」

鄭莉忍不住說：「你倒挺大度的，我爸那麼譏諷你，你也能受得了。」

傅華笑說：「我能幹嘛啊？我總不能像你一樣訓他一頓吧。小莉，你訓他的時候，柳眉倒豎，杏眼圓睜，倒是別有一番風情啊。」

鄭莉瞪了傅華一眼，說：「你想說我是河東獅吼是不是？我這也是爲你出氣好不好！老公，你今天這是怎麼了，我還是第一次看到你被人訓得一句話不說就走了。」

傅華苦笑了一下，說：「你爸說的也不是一點道理也沒有，我確實沒什麼事業能夠讓人尊敬，也不能給你和我們將來的孩子最好的生活，在那一刻，我覺得好像我一直堅持的東西變得毫無意義了。」

鄭莉搖搖頭說：「老公，你這麼想，就是完全被我爸的思維邏輯給左右了，人這一生就是爲了錢嗎？不是吧？有時候我覺得中國人就這一點最不好，爲什麼一定要功成名就呢？功成名就就能快樂嗎？你看國外那些年輕人，一個背包就可以走天下，人家考慮的是什麼，是生活，是快樂。我覺得生活就應該那個樣子，簡簡單單，多好啊。」

傅華聽了後，心情舒服了些，說：「是啊，小莉，原本我心裏是很沮喪的，你說了那番話後，我才覺得我堅持的東西並沒有錯。」

鄭莉笑說：「就是嘛，我們過我們自己的就好了。」

傅華說：「那我們是不是先找個地方把肚子塡飽啊？餓肚子的滋味可不好受啊！」

鄭莉嬌笑著說：「我想吃『湘鄂情』的剁椒魚頭了，我們去那裏吧。」

兩人就去了「湘鄂情」。

進店之後，傅華正想找位置趕緊坐下來點菜，卻被鄭莉拉了一下袖子。

傅華看了看鄭莉，問道：「怎麼了？」

鄭莉說：「林珊珊在那邊。」

傅華順著鄭莉的視線看過去，就看到林珊珊形隻影單的坐在那裏吃飯呢。

傅華心說：今天出門的時候真是沒看黃曆，怎麼走到哪裡都不順呢？

他有意拖著鄭莉離開這家店，沒想到恰在此時，林珊珊抬起頭，看到了傅華和鄭莉，她高興的笑了起來，向傅華和鄭莉招手叫道：

「誒，傅哥，鄭莉姐，過來我們一起吃好了。」

這時傅華和鄭莉就不好再往外走了，兩人走了過去，傅華說：「這麼巧啊，珊珊？」

林珊珊說：「是啊，沒想到會在這裏碰到你們啊。」

林珊珊雖然面帶笑容，可是笑容間卻有幾分的苦澀，臉龐看上去也清減了很多，想來最近一段時間，她的日子並不是很好過。

她其實並不是什麼壞人，只是喜歡孫守義，也並沒有一定要拆散人家家庭，現在這個樣子也很可憐，那邊孫守義和沈佳已經和好如初了，她卻還在爲情所苦。

林珊珊問：「誒，你們還要吃什麼，隨便點，我請客。」

傅華笑笑說：「那我就不客氣了，小莉說要吃剁椒魚頭，加一個就好了。」

林珊珊說：「就只加一個啊，不行的，我看看還有什麼可以點的。」林珊珊就又點了幾個菜。

林珊珊看了看傅華和鄭莉，說：「傅哥，真羨慕你跟小莉姐，週末還一起出來吃飯，好溫馨啊。」

傅華暗自覺得好笑，他們本來沒打算來餐廳吃的，可這些跟林珊珊有些說不著，便笑笑說：「偶爾打打牙祭罷了，溫馨什麼啊。」

林珊珊說：「我有段時間沒去你們駐京辦了，現在那邊還好嗎？」

傅華避重就輕地說：「還是那個樣子，你也知道我們每天都是那些工作，不會有什麼大改變的。」

傅華又一次把話題給堵死了，林珊珊就無法再把話題深入下去了。

傅華也不敢問林珊珊最近如何，他怕林珊珊會說些跟孫守義有關的事，那樣大家都會很尷尬，飯桌上就出現了短暫的沉默。

傅華趕忙找了個話題，便說：「誒，珊珊，你跟丁益還經常有聯繫嗎？」

林珊珊有些意外地說：「有段時間沒通過電話了，傅哥，你什麼意思啊，想幫我和他牽線啊？」

傅華也就是無話找話說而已，他知道丁益和林珊珊都對對方沒那種感覺，不過這個話題倒是可以閒扯下去，好避開桌上的冷場氣氛，就說：「丁益其實人不錯的。」

林珊珊笑說：「我早就知道你有這個意思了，你在海川的時候，就拖著我跟他一起吃飯，那時候你就想這麼安排了吧？」

傅華笑笑說：「是啊，我是有這個意思。那你究竟怎麼看丁益啊？」

林珊珊說：「我們兩家父母都跟你一樣，也有撮合我們的意思，不過，我們之間是不可能的，這倒不是說丁益這個人不好，而是我對他沒有感覺。」

鄭莉聽了說：「是啊，男女之間沒感覺，勉強湊合在一起也是不行的。」

傅華說：「這倒也是。對了，珊珊，你們倆家公司的合作現在怎麼樣了？」

林珊珊發著牢騷說：「還能怎麼樣啊，停在那裏啦，你們海川真是不講信譽啊，明明跟我們談得好好的，說中斷就中斷。那個孫守義更是差勁，當初什麼都答應我爸爸好好的，結果鬧成現在這個樣子，也不知道他這個副市長是怎麼當的。」

傅華感覺林珊珊是在借題發揮，他不敢順著這個話題說下去，就笑笑說：「孫副市長也有他的難處啊。珊珊，這麼說，你們跟天和地產的合作也破局了？」

林珊珊搖搖頭說：「這倒沒有，我爸爸還是不想放棄，不過現在情形變了，再以中天集團的名義來爭取這個項目不太合適，我爸爸和丁伯伯商量了一下，決定以天和房產的名義參與項目的競標。」

傅華明白中天集團的意圖了，現在海川強調支持本土企業，天和房產就是海川本土企業，在海川人脈也熟悉，以天和的名義競標便不會受排擠。

傅華贊同說：「這樣子調整也不錯。」

三人就這樣子閒聊著把飯給吃完了。

吃完後，傅華、鄭莉就跟林珊珊分了手，開車回家。

在車上，鄭莉不禁感慨說：「珊珊怎麼就看上孫守義了呢？我覺得她這個人還不錯，被孫守義甩了，只會自己躲在一邊痛苦，也沒跟孫守義鬧什麼。」

傅華嘆說：「愛上一個人是沒有道理可講的。」

鄭莉氣憤地說：「我知道沒道理可講，可是孫守義明知道他不能給林珊珊什麼承諾，還要跟她廝混，這就不負責任了。這件事中最不應該的就是這個傢伙，我看他完全是想玩弄女人，真差勁。」

傅華聽了，笑說：「好了，這本來就是一筆糊塗賬，說不清楚誰對誰錯的，我們不要去管它了。」

週末很快過去，在這期間，鄭堅和周娟都沒給傅華和鄭莉打電話，鄭堅和他們就這麼僵持著，雖然傅華覺得他和鄭莉並沒有做錯什麼，可是鄭莉的父親把關係搞成這樣，他心裏總有些怪怪的感覺。

週一，傅華按照慣例去上班，一進辦公室，就投入到繁忙的工作當中去。

忙到快中午的時候，他才有些閒暇，站起來走到窗邊，活動一下有些僵硬的脖子。

這時，一輛熟悉的轎車駛進了海川大廈，傅華愣了一下，這傢伙來這裏幹什麼？

傅華正想著湯言跑來幹嘛呢，這時有人敲門，他猜是湯言上來了，急忙走到桌子邊坐下，這才喊了聲進來。

門開了，羅雨走了進來，傅華暗自覺得好笑，自己都要被湯言搞得神經病了，還真以為湯言是來找他的呢。

羅雨進門後，興奮地說：「主任，剛才我在樓下看到一輛很豪華的車子進了海川大廈的停車場，那車子看上去真的很漂亮，可惜我不知道這輛車叫什麼名字。」

傅華笑笑說：「我知道，邁巴赫的齊柏林嘛。一千三百萬，看著當然舒服了。」

「哇塞，一千三百萬？」羅雨叫了起來：「一千多萬坐在屁股底下，真是太爽了吧。咦主任，你怎麼對這車這麼清楚啊？不會是你的朋友開的吧？」

這時門再次被敲響了，傅華覺得這次應該是湯言了，便笑了笑說：「他不是我的朋友，不過，我猜他是來找我的。」

傅華喊了聲進來，門再次打開，這次站在門外的，果然是衣著光鮮的湯言了。

傅華站了起來，對羅雨說：「小羅，這位就是你說的那個開千萬豪車的朋友。」

湯言笑著走了進來，說：「傅主任，你們不會是在聊我吧？」

傅華說：「我們如果聊別人的話，是不是也對不起一千多萬的邁巴赫啊？湯少，你是不是很沒自信啊，沒有這一千多萬的車撐著就不能出門了？」

湯言笑了起來，他當然不會聽不出來傅華是在諷刺他，便針鋒相對的說：「是啊，我就喜歡這種尊貴的感覺，它讓我知道，在芸芸眾生中，我是最優秀的，我有能力享受最好的生活。傅主任不會是吃不到葡萄就說葡萄是酸的吧？」

傅華被嗆了一下，某種程度上，他也不能不佩服湯言的這種賺錢能力，便笑笑說：「別說，對湯少你，我還真是望塵莫及啊。小羅，我給你介紹一下，這位是湯言湯少，你好好認識認識，這可是頂級的富豪啊。」

羅雨看出兩人言語之間夾槍帶棒的，便知道兩人似乎都對對方有意見，他不想夾在火線中間受波及，就對湯言笑了笑說：「湯少，很高興認識你，你們聊吧，我出去了。」趕緊逃離了傅華的辦公室。

湯言取笑說：「你這個部下還不錯，比你懂禮貌。」

傅華笑說：「他是我的部下，跟著我當然會懂禮貌了，不像某些人，一副拒人千里之外的樣子，好像別人都欠他幾百萬似的。其實還不就是錢幫你撐著的嗎？」

湯言搖了搖頭，說：「傅主任，你的話怎麼總是這麼酸啊？沒必要嘛，你應該知道你這輩子都賺不到我這麼多錢的，既然可望不可及，你又何必為此生氣呢？」

湯言的話雖然狂妄，卻是事實，這讓他被弄得有點哭笑不得，便說道：「湯少，你不會是專門跑來跟我炫耀的吧？」

湯言搖搖頭說：「我沒那麼無聊，誒，你不請我坐嗎？就算你不歡迎我來，也不用這個樣子吧？」

傅華看了眼湯言，他還真是拿這個傢伙不知道該怎麼辦好了，便笑笑說：「你湯少進門就沒閒著，我就是想請你坐，你也沒給我機會開口啊？」

湯言笑了笑說：「那我就當你請我坐下來啦。」說著，湯言就自己坐了下來。

傅華說：「好了，現在你也坐下來了，可以跟我說你是來幹什麼的了吧？」

湯言沒回答傅華，反而說：「傅主任，怎麼連杯茶都沒有啊，這可不是懂禮貌的人的待客之道啊。」

傅華只好又給湯言倒了茶。

湯言嘗了一口，皺皺眉頭說：「這茶真不道地。」

傅華瞅了他一眼，說：「我這個小地方的茶，當然比不上你湯少喝的好茶了。你如果有什麼事情就趕緊說吧，我可沒那麼多的耐性跟你磨牙。」

湯言笑笑說：「人和人比的就是耐性，很多時候，人只要多一點耐性就成功了，可是人們往往堅持不到成功的那一刻便半途而廢了。」

傅華不禁說道：「你到底有事沒事啊？」

湯言笑了起來，說：「好啦，不跟你逗著玩了，一點風度都沒有，也不知道鄭莉看上你什麼了。」

傅華總算逮到還擊的機會了，便說：「這我也不知道，但小莉是嫁給了我，而沒嫁給你，我就是比你幸運的那個男人。」

湯言攤了攤手，一副沒話說的樣子，說：「行，這點算你厲害。好了，不跟你廢話了，我呢，是爲了鄭叔來的，那天晚上是我的主意，是我好奇小莉究竟嫁給了一個什麼樣的男人，正好鄭叔說你要找人接手海川重機，我就央求他把你約了出來。你要怪就怪我好了，別把氣撒到鄭叔身上。」

大概是鄭堅跟湯言說了什麼，也許鄭堅把鄭莉訓他的那些話跟湯言講了，湯言這才找上門來幫鄭堅說話。

湯言這個態度讓傅華心裏多少好過一點，雖然湯言的話一點誠意都沒有。

他笑說：「湯少，你這是在跟我道歉嗎？我怎麼一點都聽不出你有歉疚的意思啊？」

湯言高傲地說：「你搞清楚啊，我可不是來跟你道歉的，我只是說事情的責任在我，你別去遷怒別人。我可沒說我做錯了，更沒有跟你道歉的意思。」

這傢伙真是傲得可以，傅華被氣得說：「你的意思我明白了，你可以走了，至於我跟小莉爸爸之間的事情，那是我們自家人的事，你一個外人還是不要插嘴的好。」

湯言一聽，臉色就變了，說：「傅華，你別這麼囂張，誰是外人啊？原本鄭叔是把鄭莉介紹給我的，要不是你橫插一槓子，現在跟鄭莉在一起的人應該是我。」

傅華沒想到湯言會這麼在乎鄭莉，一直沒有對鄭莉忘情。

傅華也不示弱，說：「湯言，我覺得是你要先搞清楚，小莉現在是我老婆。」

傅華的這句話直接擊中了核心，湯言呆了半晌，然後嘆了口氣說：「好了，這一點我認輸，我不跟你說這個了。我們談公事吧，我現在對海川重機挺感興趣的，想要接手過來，希望你不要從中作梗。」

傅華看了看湯言，說：「那我可要請問你，要拿這家公司做什麼？」

湯言說：「還能幹什麼啊？重組讓它恢復盈利啊。」

傅華不以爲然地說：「你是想借機炒作海川重機，爲自己謀利吧？」

湯言理所當然地說：「無利不起早，如果沒錢賺的話，恐怕也沒人願意接下海川重機這家爛公司了。」

傅華說：「我知道，不過我們海川是想找一個能挽救海川重機的公司，可不是讓別人拿它當做炒作工具的。湯言，你不適合的。」

湯言笑了起來，說：「傅華，我們都是成年人了，可不可以在這件事情上把私怨放到一邊去啊？」

傅華嚴肅地說：「我不是因爲什麼私怨才拒絕你的，而是我研究過你，瞭解你做事的手法，知道你真實的目的肯定不是想要挽救海川重機。」

湯言冷笑了一聲，說：「看來你已經摸過我的底了，那你就更應該知道我湯言想要的，沒有我弄不到手的。」

傅華笑說：「恐怕也不是吧？」

湯言被嗆了一下，眼前就有一個活生生的例子，他在鄭莉那裏就吃癟了。他身邊其實是不缺美女的，環肥燕瘦，你能想到的美女他身邊都有，但是鄭莉身上那種淡然，卻是最吸引他的地方。

當初鄭堅把鄭莉帶到他的面前時，他一眼就認定這是他這輩子要娶的女人，別的女人在他面前表現的那麼乖巧，完全都是衝著他的財富來的。這並不是湯言想要的。

他之所以那麼愛炫耀財富，是想向世人表明，他是這些財富的主人，他可以主宰這些財富，而不是成爲財富的奴隸。只有能對他的金錢財富淡然處之的女人，才能配得上他這個優秀的男人。

這一點鄭莉就做到了。她對湯言的財富不但不喜歡，反而很厭惡，這讓湯言感覺到鄭莉這個女人的不尋常，從而深深的被吸引住。

偏偏鄭莉對他卻並不感興趣，幾次約會之後，就跟他斷了往來，他想盡辦法也不能打動芳心，就算鄭堅幫他說盡了好話也不行，後來鄭莉就嫁給了傅華。

這是湯言自認爲平生最大的一個挫折。因此在鄭堅說傅華想找人接手海川重機的時候，他就按捺不住想要戲弄一下傅華，就算不能證明什麼，起碼也可以出出胸中的悶氣。

傅華戳中了湯言心中最痛的傷疤，他臉上的肌肉動了幾下，冷冷的看了看傅華，說：「傅華，你不過是個小小的駐京辦主任而已，在這件事情上，你能有多大的決定權啊？我跟你說，這個海川重機我要定了，你等著瞧吧。」

傅華搖了搖頭，說：「是啊，湯少，你不用這麼兇，我是個小角色，在海川重機這件事情上，我甚至可能連發言權都沒有，但是，我也不會被你嚇住，只要有可能，我都會盡力去阻止你的。」

湯言直直的看了一會兒傅華，他實在是有點被激怒了，他不是沒見過政府官員，他跟父親一起見過很多不知道要比傅華這種角色大多少級的官員，還從來沒有一個人敢這麼跟他說話的。他冷笑了一聲，說：

「傅華，我不知道你這種自信是從哪裡來的，也許你以前還沒碰到像我這樣子的人，所以你才敢這麼說話。」

傅華並沒有被嚇到，他笑笑說：「我還真是沒見過像你這麼狂妄的人，不過呢，我相信一點，這個社會也不是你可以爲所欲爲的。」

「嘿，你還跟我叫上板了啊，」湯言叫道：「傅華，你信不信，就算你心裏一萬個不願意，我也能讓你在海川重機重組這件事情上，老老實實的給我做下手。」

傅華笑了起來，說：「我瞭解過你，你家裏是有些背景，如果你想用勢力來壓著我幫你，這也不是做不到的。但是，那又怎麼樣呢？那樣子你湯少就神氣了嗎？」

「你……」

湯言被傅華說的無語了，是啊，利用權勢來壓服傅華不是不可能，可是那樣子就不是他湯言的本事了。

傅華看到湯言的樣子實在有些好笑，估計這個狂妄的傢伙很少會遇到像他這樣軟硬不吃的人。他多少能瞭解湯言的心情。這種人走到哪兒都是橫行慣了的，在鄭莉那兒碰了釘子，已經很受挫了，現在找上他，是有點想找回場面的意思。沒想到也沒能從他這裏得到什麼便宜。

傅華覺得湯言實在是有些無聊，這有什麼場面可找的，鄭莉就是不喜歡你嘛。

他看了看表，已經到吃飯的時間，就笑笑說：「湯少，我要去吃飯了，你要不要一起來啊？不過我們大廈的飯菜不太高檔，可能不太適合湯少的口味。」

湯言瞪了傅華一眼，說：「算你狠，我們走著瞧吧。」

湯言摔門而去，摔門聲在樓道裏悶悶的傳了出去，傅華忍不住搖了搖頭，這個湯言還真是沒什麼風度啊。

羅雨聽到動靜，敲門進了傅華的辦公室，問道：「主任，你這個朋友似乎很不友善啊，你沒什麼吧？」

傅華笑笑說：「沒事，沒事，走，我們吃飯去。」

海川。

麥局長的調令下達了，他被調去了省公安廳，做一個調研員，級別倒是沒降，不過權則是大大的降低了，做調研員這種閒職，等於是讓他去省公安廳養老去了。

麥局長接到這個調令後，長長的嘆了口氣，到這個時候，他還能說些什麼呢？他也只能服從了。不過他心中還是很不甘心，他知道自己是被人擺了一道，就這樣子走，似乎也太窩囊了一些。於是在當晚，麥局長就去了張琳家。張琳並不在家，他老婆趕緊通知了張琳，張琳便匆忙趕了回來。

張琳一進家門，麥局長就迎了上來，喊了一句「張書記」，聲音就有些哽咽，說不出話來了。

張琳走過去，拍了拍麥局長的背，說：「老麥，不好意思啊，我沒能護住你。」

麥局長苦笑了一下，說：「張書記，我知道您已經盡力了。」

張琳拉著麥局長的手，說：「我們進去坐吧。」

兩人就去了張琳的書房。

張琳看了看麥局長，說：「老麥，你瘦了很多啊，看來這段時間不好熬啊？」

麥局長嘆了口氣，說：「我現在家裏家外都不好過，回家老婆跟我鬧冷戰，出門吧，同事們都在背後指指點點的，我就像一條過街老鼠啊。」

張琳苦笑著說：「你讓我怎麼說你呢，兔子還不吃窩邊草呢，你倒好，不但把窩邊草給吃了，還幫窩邊草找了那麼一門親事，你怎麼就不想想，這件事情一旦敗露了，你要如何自處啊？」

麥局長嘆說：「我不是沒想過要跟那個女人了斷，可是一直捨不得。」

張琳說：「現在你把局長給搞丟了，是不是就捨得了？」

麥局長無奈地說：「現在就算是捨不得也得捨啦。誒，張書記，我求您幫我一個忙好不好？」

張琳說：「什麼忙啊？」

麥局長央求說：「呂媛現在在公安局的日子很不好過，我又被調走了，她恐怕更難在公安局待下去了，您看能不能幫忙把她從公安局調出來啊？」

張琳哭笑不得地說：「老麥，沒想到你還是個情種啊，局長的寶座都丟了，你還在為這個女人打算啊？」

麥局長苦笑說：「這個女人對我一直很好，這一次出事，也不能怪她的。」

張琳說：「那要怪誰啊？」

麥局長說：「張書記，您應該知道，我這次是被人家算計了的吧？要怪就應該怪那個算計我的人。」

張琳說：「廢話，不是人家算計你，那些豔照從哪裡來的啊！老麥啊，發生這件事情之後，你一直不露頭，我心中有個疑問很久了，都沒機會問你。現在你來我可以問你了，你告訴我，你是在什麼情況下被人給拍照的？你可別告訴我你不知道啊。」

麥局長說：「我當然知道啦，不過我並不知道給我拍照的是什麼人。」

張書記愣了一下，說：「怎麼，你沒見過那個人的面孔啊？」

麥局長說：「見倒是見過，不過當時那個人行動神速，踹開門之後就照，沒等我反應過來就跑了，我當時被嚇傻了，根本就沒記住他的面孔。」

張琳聽了，倒抽一口涼氣，說：「這傢伙很專業啊。」

麥局長說：「是啊，這傢伙不但專業，而且目標明確，這才搞了我一個措手不及。一開始我還想他是不是想敲詐我一筆錢，可是後來的事態表明，他根本就是衝著我公安局長這個位置來的。他是想搞掉我這個公安局長啊。」

麥局長說到這裏，看了看張琳，說：「張書記，您這時候應該知道這個把戲是誰玩的了吧？」

張琳說：「我心裏是有懷疑的對象，不知道跟你想的是不是一樣。」

麥局長忿忿地說：「我覺得八成是孫守義這傢伙搞的鬼，我把海川政壇上的人點了一遍，只有孫守義這傢伙才會這麼恨我，把我搞得這麼狼狽。那段時間他還故意躲去北京，想讓別人以爲他跟這件事情沒什麼關係。可叫我說，這樣反而更加欲蓋彌彰了。張書記，你心目中的人選是誰？」

張琳說：「我跟你的看法差不多。」

麥局長點點頭說：「那我們的看法是一致的，肯定是孫守義做的沒錯了。張書記，您有沒有想過，孫守義爲什麼會這麼對我啊？難道僅僅是因爲我沒聽他的話，沒安排人調查孟森嗎？」

張琳看了麥局長一眼，雖然他心中猜測這件事跟金達一定脫不了干係，但是這話他卻不願意在麥局長面前說。

張琳便笑了笑說：「老麥啊，有話你就直說好了。」

麥局長推測說：「我覺得這件事沒有那麼簡單，孫守義搞我只是一個前奏，更大的動作還在後面。而這個更大的動作，我認爲是衝著您來的。」

張琳臉沉了下去，說：「這種沒根據的話不要瞎說。」

麥局長說：「怎麼會沒根據呢？張書記您想過沒有，孫守義一來海川就搞出那麼多動作來是幹什麼啊？」

張琳說：「他想幹什麼我怎麼知道，也許是新官上任吧。」

麥局長搖搖頭說：「哪裡會那麼簡單？我覺得他一來就要我們公安局對付孟森，就是想搞亂海川市。而搞亂海川市對誰最不利？這不用想也知道啊，當然是對您了，您是海川的一把手，對海川要負全面的責任，海川的局面亂了，您就難辭其咎了。」

麥局長這個說法，張琳並不十分訝異，他自己也是這麼看的，不過他並不想在外人面前表露出這種心思來，便說道：「沒這麼玄乎吧？」

麥局長警告說：「張書記，您可千萬別大意啊，您大意了，可就中了別人的計。我就是一個很好的例子，您可不要到了我這一步再來想對策啊，那可就什麼事情都晚了。」

張琳冷笑一聲說：「孫守義想要動我，他的道行還差那麼一點呢。」

麥局長看著張琳說：「那這些小動作的背後如果是金達授意的呢？您是不是還覺得可以不在乎啊？」

第七章

麻煩人物

張琳搖搖頭，警告說：「東董，孟森能夠從一個小混混到在海川政商兩界都有一定的地位，要說他沒有頭腦是不可能的，那個人是個麻煩人物，控制不好的話，我們都有可能跟著他倒楣的，所以你可要給我小心再小心。」

原來麥局長也懷疑這件事真正的幕後主使是金達，張書記就很想聽一聽麥局長為什麼會這麼認為，便問道：「我跟金達同志的關係很不錯，你為什麼會認為是他在背後搞小動作呢？」

麥局長說：「哎呀，張書記，您是被金達的表面文章給迷惑住了，您想一想就會明白了，孫守義如果不是金達在支持他，他敢這麼做嗎？我敢說金達早就對我有所不滿了。那一次孫守義想趁我住院的時候搞掉我，他在一旁就陰陽怪氣的，後來是孫守義知難而退，事情才算暫時告一個段落。不過，我終究沒逃過他們的毒手，還是被他們算計了。」

張琳心裏有點失望，雖然麥局長說的跟他猜測的差不多，但這都僅僅是猜測而已，並不能證實金達真的在搞他的小動作，便搖搖頭說：

「老麥啊，你這只是臆測之辭罷了。行了，我們不要再談這個了。那個呂媛我會想辦法把她給調出來的，你在海川還有別的事情需要我幫你安排的嗎？」

麥局長聽了說：「張書記，呂媛安排妥當了，我也就能安心去省廳養老了，我先謝謝您了。」

張琳笑笑說：「謝什麼呢，大家同事這麼多年，這點小忙也是應該幫的。你去了省廳之後，也別忘了海川這邊，只要我還在海川任書記，這裏隨時都歡迎你。」

麥局長感激地說：「還是您對我最好啊，我今天來，一是想跟您道個別，再是我有一件特別的事情要告訴您。這件事情是跟金達有關的。」

張琳看了眼麥局長，他不知道麥局長知道了什麼有關金達的事，別又是什麼不靠譜的臆測吧？便笑笑說：

「老麥啊，如果是什麼捕風捉影的事就打住吧，我是信任金達同志的。」

麥局長說：「張書記，您先讓我說完好嗎？」

張琳說：「好，你說吧，我聽著呢。」

麥局長說：「是這樣，張書記，不管您心裏對金達是什麼樣的看法，防人之心總是要有的。這件事呢，是有關金達違規的事，告訴您，也可以讓您將來有辦法對付他。這也算是我老麥臨離開海川前，幫您做的最後一件事情吧。」

張琳心裏一喜，他沒想到麥局長臨到最後，還能拿出對付金達的把柄來，這可是一個意外的收穫。

他心裏雖然很高興，表面上卻是很平靜，裝作滿不在乎的說：「什麼事情啊？金達同志一向很講原則的，不會有什麼違規的事情吧？」

麥局長神秘地說：「這就是他很會做表面文章的地方，表面上他好像清廉無私，也常拿這個標榜自己，背地裏卻是另一副面孔。張書記，您知道海平區白灘那裏正在興建一個旅遊度假區嗎？」

張琳說：「我聽說過，那裏是一個好地方啊，我曾經跟朋友去那兒打過高爾夫。」

麥局長笑笑說：「看來您也知道那是一個高爾夫球場了，那您就更應該知道我們國家對高爾夫球場的政策。國家現行政策是不允許上高爾夫球場項目的。可是這個白灘的高爾夫球場不但上馬，還光明正大的營業，難道金達不知道這是不行的嗎？」

張琳有些不耐煩了，原本他還以爲麥局長會抖出什麼猛料來呢，可越說越不像了，違規項目哪個地方沒有啊，地方政府肩負著很重的GDP任務，有時候不得不打些擦邊球，如果僅僅是這個問題，對他來說，這個消息一點都沒有價值，就算這件事被捅到省委書記郭奎那裏去，郭奎也不一定會對金達怎麼樣；相反，郭奎搞不好還會認爲金達敢做這種事，是一種有魄力的表現呢。

張琳看了麥局長一眼，說：「老麥，你也是在官場打滾多年的老手了，應該知道這算是一個慣例，項目可能不太合法，但是很多時候你太合法了，地方經濟就是一灘死水，沒什麼發展的。你想拿這種事對付金達，怕是很難啊。」

麥局長語帶玄機地說：「您先別急，聽我說完。爲了發展經濟，違規上馬這種情況是很常見，但是如果金達在這其中牟利了呢？」

張琳的眼睛亮了，此刻他才意識到，麥局長今天帶來的還真是猛料啊。

張琳故作輕鬆地說：「老麥，你沒搞錯吧，我們的金達同志向來可是很標榜自己的清廉的。」

麥局長說：「這就是金達會僞裝的地方了，他標榜自己清廉，當然不會由自己出面收取利益了，借別人的手過一下，他不就顯得乾淨了嗎？」

張琳說：「誰能給他過這道手啊，一般人他也信不過啊。」

麥局長笑笑說：「他老婆總能信得過了吧？」

張琳愣了一下，說：「金達的老婆，你是說省旅遊局的萬菊？如果是她的話，這手也伸得太長了吧？」

麥局長說：「就是因爲別人不會想到金達的老婆會從省城把手伸過來，金達才敢這樣子做的。」

張琳說：「原來這個金達也是陰一套陽一套的啊？你這個情報確實嗎？」

麥局長信誓旦旦地說：「當然確實啦，這是前段時間我跟海平區區長陳鵬喝酒的時候，陳鵬告訴我的，他跟我說，白灘那個雲龍公司的旅遊度假區是金達在罩著的，金達的老婆萬菊跟雲龍公司的錢總關係很好，還幫著做雲龍公司的顧問呢。」

這個消息對張琳來說十分有用，雖然他並不知道雲龍公司跟金達之間究竟是怎麼一個交易的內容，但是這件事在關鍵時刻拋出去，肯定會給金達造成一定的殺傷力。

不過張琳覺得還需要做些查證，他希望真到要用的時候，這個消息拋出去就能形成一種震撼的效果，所以最好是能查出來金達跟雲龍公司究竟存在著怎麼樣的利益交換。」

張琳便說：「老麥，這個消息我知道了，我會想辦法查證一下的。謝謝你了。」

麥局長笑了笑說：「張書記，只要能幫到您就行。」

過了兩天，麥局長就灰溜溜的離開海川，到省公安廳去上任了。

麥局長走了之後，張琳就等著省公安廳那邊派來王處長到海川接任麥局長的消息。但是弔詭的是，這個消息就是沒有發布出來，讓本來覺得事情是十拿九穩的張琳心裏也開始沒底了。

他安排束濤去省公安廳打聽情況，省公安廳那邊的關係回報說，省廳還沒正式研究這件事情，讓束濤不要太著急。

張琳一聽省公安廳還沒研究這件事情，覺得事情應該沒什麼變動，心多少放下了一點。不過接任人選不公佈，事情還沒塵埃落定，他心裏還是有點發虛。

他忍不住問束濤：「束董啊，對方沒說多久時間才能研究這件事情嗎？」

束濤搖搖頭說：「時間倒沒說，不過應該快了吧？張書記啊，您別擔心了，該打點的都打點了，應該沒什麼大問題的。」

張琳苦笑了一下，說：「官場上向來是風雲變幻，不到最後一刻，誰也不敢說就沒什麼問題。對了，東董，你幫我去查一件事。」

東濤說：「什麼事啊？」

張琳說：「你去查一下海平區有一家叫做雲龍公司的，看看這家公司跟金達究竟是怎麼樣的關係。」

東濤好奇地說：「您是說金達跟這家公司私下有往來？」

張琳說：「是的，老麥臨走時，找我聊了一下，跟我說了這件事，他說金達的老婆跟這家公司的老總關係密切，可能存在利益交換的情況。你去幫我查一下究竟是怎麼一個情況，越詳細越好。」

東濤點了點頭，說：「明白。」

張琳又交代說：「我總覺得現在的形勢有點詭譎，你說金達會不會已經知道了我們運作王處長來海川做公安局長這件事啊？」

東濤想了想說：「應該不會吧？這件事只有我們幾個人知道，就是我們找過的幾個關係，這些人都不會去跟金達說這件事情的。」

張琳不放心地說：「這世界上沒有不透風的牆，現在知道這件事的人爲數不少，很難說不會有什麼風吹草動傳到金達的耳朵裏。」

東濤不以爲意地說：「就算他知道了又怎麼樣呢？他還不是老老實實的一心放在他的

海洋科技園區上面?再說，金達如果有什麼小動作的話，我們省公安廳的朋友也會知道的，他們說沒事，那就代表著金達沒做什麼。」

張琳想想也是，金達那次回省城，回來之後就撲在海洋科技園區上去了，估計他是在省領導那裏碰了壁，也許真沒必要擔心他。

不過還有一個搞鬼的人，不知道那個傢伙有沒有做什麼動作，他便問道：「那孫守義呢?」

束濤笑笑說：「我這段時間一直很關注孫守義的行蹤，我看他也沒什麼特別的動作，想來金達老實了，他也就不敢動什麼鬼心思了吧?好了，張書記，您不要再疑神疑鬼了，他們沒您想像的那麼厲害。有時候事情辦起來是需要一個過程的，在這種情況下，沒什麼消息傳出來，對我們來說就是好消息啊，說明事情在按照我們設定的步驟進行著。」

張琳有些不好意思的笑說：「看來我是有點小心過度了。」

束濤說：「這些先不要管他了，我聽說舊城改造項目招標方案很快就要出來了，您什麼時間把這個項目拿過來啊?」

張琳笑笑說：「這你放心吧，等金達把方案報給市委的時候，我就會安排常委會討論這個方案，然後借機把招標的主導權給拿過來。倒是你跟孟森把合作方案給弄出來沒?」

束濤說：「那個簡單，不過是分成比例的問題罷了。」

張琳提醒束濤說：「你不要太小看那個孟森了，那傢伙沒你想得那麼簡單。」

束濤不以爲意地說：「還能多複雜啊，那傢伙不過是個小混混，靠打打殺殺混到今天這個局面，給他一塊肉骨頭，他還不樂得屁顛屁顛的啊？」

張琳搖搖頭，警告說：「束董，你這樣子可不行，在這社會上，不論你走哪條道，沒點真本事，是很難出頭的。孟森能夠從一個小混混到在海川政商兩界都有一定的地位，要說他沒有頭腦是不可能的。我可跟你說，那個人是個麻煩人物，控制不好的話，我們都有可能跟著他倒楣的。所以在這件事情上，你可要給我小心再小心，不然的話，舊城改造項目你還是不要拿了。」

束濤著急說：「那怎麼行，事情都進行到了這一步，舊城改造項目我是一定要拿下來的。您放心吧，孟森那邊我會好好加以管束的。」

張琳說：「就怕那傢伙不聽你的這一套啊。」

束濤說：「不會的，我也算是在商界打滾多年，一個小小的孟森還能控制不好？行了，您就放心大膽的把舊城改造項目給我就行了。」

張琳看了看束濤，說：「希望能像你說的這樣。」

從張琳那裏出來，束濤就打了個電話給孟森，雖然他在張琳面前誇口能很好地控制孟森，但那是爲了讓張琳放心的把舊城改造項目交給他，至於究竟能不能控制好孟森，他心中還真是沒底。

孟森接了電話，問道：「束董找我有什麼指示啊？」

束濤說：「我想跟你商量一下舊城改造的事，你在哪裡？」

孟森說：「我在公司呢。」

束濤說：「那我過去。」

束濤就去了興孟集團。

孟森看到束濤說：「束董，舊城改造項目的招標方案出來了嗎？」

束濤說：「還沒有，不過也快了，所以我來找你商量一下。」

孟森笑說：「還商量什麼啊，您是老大哥，什麼都是您說了算，您說怎麼辦，我就怎麼辦。」

束濤趕忙說：「別，親兄弟明算賬，我們還是事先把條件都講好了再來合作，這樣子也避免將來有什麼麻煩。」

孟森看了看束濤，說：「束董，這件事一直是您在謀劃的，您心中肯定有一個譜了，要不您先談談您的看法？」

束濤心說這傢伙還算精明啊，懂得讓對方先開價，對方先開了價，他就有更多討價還價的餘地了。

雖然知道孟森打的小算盤，束濤還是決定先把價碼給開出來，這向孟森表明了一種姿態，就是在這個項目，他束濤才是主導，他並不怕孟森跟他講條件。

束濤就說出他設想的合作條件，等項目拿下來後，由興孟集團負責項目的拆遷安置，城邑集團負責改造的建設。雙方投入資金和利潤的分成比例均為二比八。興孟集團二，城邑集團八。

束濤說完之後，問說：「孟董，你看這個條件合適嗎？」

孟森笑了起來，說：「難怪您生意會做得這麼好，這算盤可是打得夠精明的了。」

束濤理直氣壯地說：「孟董，我覺得按照投資比例來分配利潤，這很公平啊，這也是合作的慣例啊。」

孟森笑笑說：「束董，您當我是傻瓜啊，拆遷安置是這個改造項目中最難啃的一塊骨頭，啃下了它，這個項目基本上就等於是完成了一大半，你把它交給我，卻不在利潤分成方面給我多一點，好處你拿，骨頭我啃，這可不是合作夥伴應該做的事情啊。」

束濤對孟森的反應並不意外，他不指望孟森一口就答應他開出的這個條件。孟森真的答應了，他還不敢相信呢，那樣他反而會懷疑孟森藏著什麼別的陰謀。他之所以開這個價碼出來，就是準備給孟森討價還價的。

束濤便說：「既然我的方案孟董不能接受，那你說個方案出來聽聽，我看看能不能接受。」

孟森想了想，說：「不然出資比例不變，我也可以負責拆遷安置，但利潤分成上我要占四。」

束濤說：「孟董，拆遷安置雖然很重要，但是還沒重要到多占兩成利潤的地步吧？這樣吧，你我各讓一步，你兩個半，我七個半。」

孟森搖搖頭說：「這我可不幹，費了半天勁，只能多得半成，沒意思！束董，你還是找別人去合作吧。」

束濤趕忙說：「那乾脆這樣子吧，你我折中一下，各讓一步，你三我七，這下子總行了吧？」

孟森沉吟了一下，他並不是真的想要放棄跟束濤的合作，現在海川的形勢對他是很不利的，原來維護他的麥局長被搞掉了，新接任的公安局長還不知道是個什麼樣的人物，萬一新來的人跟孫守義是一個鼻孔出氣的，全面來對付他的興孟集團，那樣子他旗下的那些見不得人的產業就不得不關門歇業了，到那個時候，他恐怕很難全身而退。

爲了未雨綢繆，他需要找一個能庇護得了他的勢力，這也就是當初他答應跟束濤合作的主要原因。所以現在不僅僅是束濤需要他，他也需要束濤。

孟森嘆了口氣，說：「柬董，您做生意真是厲害啊，好吧好吧，既然您都這麼說了，我就跟柬董您學習一下啦。」

柬濤高興地說：「那我們就算說定了。不過有句醜話我要說在前面，城邑集團向來是做正當生意的，如果我們要一起合作的話，我希望孟董你能約束一下你的手下，不要搞出太過分的事情來。畢竟這個改造項目是海川市的重點項目，所有人都在看著呢，如果鬧得太不像話了，對誰都不利。」

孟森臉上笑了笑，心裏卻在暗罵柬濤，心說：我是什麼出身你又不是不知道，你找我加入這個項目，不就是想借重我那方面的能力嗎？現在又要我不要搞得太過分？不過分，我能拆遷得動嗎？

真是又要當婊子，又要立牌坊，這世界上哪裡來的這麼多好事啊？我就暫且先答應你，等到具體操作的時候，事情就不能由你來控制了。

孟森便爽快地說：「行，這一點我心中有數，其實我們興孟集團現在也在做正規生意了，做什麼都不會超出法律界限的，柬董您真的沒必要擔心這一點。」

柬濤說：「我也就是提醒一下孟董而已，並不是說你真的會這麼做。」

「談了這麼多，柬董還沒告訴我，您一定能拿下這個項目來嗎？」孟森問。

柬濤笑說：「我如果拿不下這個項目，我還能跟你談這個嗎？雖然我不敢保證百分之百，一點閃失都沒有，但是我可以跟你透個底，基本上是八九不離十了。」

孟森咂巴了一下嘴，有些懷疑說：「您就這麼有把握？這個項目雖然是在您的安排下讓市政府中斷了跟中天集團的談判，但主動權還在市政府手裏，您就一定能保證孫守義不會跟您搗亂？」

束濤很有自信地說：「這個項目的主導權很快就不會再歸市政府了，有人能把這個項目從市政府手裏拿過來。」

孟森笑說：「我知道了，背後支持您的是市委的張書記吧？」

束濤心說：這傢伙不笨嘛，一下子就摸到了自己的底牌，不過他也不怕讓孟森知道他跟張琳之間的關係，相反，他認爲讓孟森知道在背後支持他的是張書記，會讓孟森增加更多對他們合作的信心。

於是他笑笑說：「我也不怕跟你說實話，張琳是很支持我拿下這個項目的。」

跟孟森談好之後，束濤又接連拜訪了幾家銀行的行長，搞了幾筆貸款，現在他要籌足彈藥，不但要還清欠的稅金，還要爲競標準備好啓動資金。

束濤聽說丁江早早就將天和房產欠的錢繳清，他猜測到丁江這麼積極，表示他對舊城改造項目還不死心，看來天和站到第一線出面跟自己爭這個項目的可能性很大啊，這可是不得不防。雖然柬濤對現在的天和房產並不是很擔心，但是這一次等於是攬了中天集團的好事，他相信中天一定不會就這麼善罷甘休的。

柬濤猜測中天集團和天和房產很可能在未來的競標過程中會相互換位，變成以天和房產為主的方式。這樣中天集團就會退居幕後操控，這一點才是柬濤最擔心的。

天和房產雖然是上市公司，卻只是一個偏安於海川的小地產公司，而中天集團卻是在全國赫赫有名的，它的實力無論如何也不能小覷。

有鑒於此，柬濤就找了他在北京的朋友去摸中天集團的底，只有摸清楚對方的根底，在將來雙方直接衝突的時候，才能很好的去對付他們。

柬濤有一種大戰在即的感覺，他的血液開始沸騰了起來，似乎一下子回到了年輕時。這種感覺他好多年都不曾有過了，隨著年歲的增長，事業的成功，他對很多事情都淡漠了。淡漠到對什麼都提不起興趣來，甚至對那些投懷送抱的美女也沒有想要擁有的感覺。如果沒有這一次的刺激，柬濤覺得他可能會在這種對人生的一切都無所謂的態度中日漸老去，直到退出人生的舞臺。

所以這一次跟丁江爭鋒，讓柬濤感覺再度煥發了青春，這對他來說，倒未嘗不是一件好事。

北京。

談紅打電話讓傅華過去頂峰證券一趟，她有事必須要問他。傅華就放下手頭的工作，匆忙趕了過去。

到了談紅的辦公室，談紅讓傅華把門關好，然後才問道：「傅華，利得集團要出售海川重機這件事，你們那邊現在有人要接手嗎？」

傅華搖了搖頭，說：「沒有啊。是不是頂峰證券找到下家了？」

談紅說：「我們這邊也沒有。」

傅華納悶說：「那你找我來幹什麼？」

談紅說：「有件事情很奇怪，你看，現在你們那邊沒有人對海川重機感興趣，我們這邊也還沒敲定下家，但是從海川重機現在的盤面上來看，似乎已經有人開始介入了，這不應該啊。」

傅華隱約覺得這件事肯定跟湯言有關，那次湯言在他面前跟他發狠，說他要定了海川重機，現在如果有人對海川重機介入的話，那八成是湯言了。

不過這只是猜測，他不能確定一定就是湯言搞的鬼，便看了看一臉困惑的談紅，問道：「究竟發生什麼事了？」

談紅沉吟了一會兒，然後表情嚴肅地說：「傅華，下面我跟你講的話，只准你一個人知道，千萬不能外傳，出了這個門，我也不會承認我這麼說過的。你明白我的意思嗎？」

傅華馬上就猜到談紅想要說些什麼了，便說道：「你們在坐莊炒作海川重機是吧？」

談紅點了點頭，說：

「你很聰明，一下就被你猜到了。情況是這個樣子的，利得集團爲了海川重機是動用了一大筆資金的，你知道這種私營企業向來是追求利潤最大化的，動用這麼一大筆資金，總要給公司一個像樣的回報吧，可現在海川重機的股價一直被壓得很低，參照現在的股價，利得集團連本錢都拿不回去。因此他們公司的人就跟我們商量了一下，決定跟我們聯合坐莊，操盤炒作海川重機，一來可以利用這個炒作獲利，攤低他們的成本；二來也可以抬高海川重機的股價，讓利得集團可以把手中的股份賣個好價錢。」

傅華覺得談紅說的算是很委婉了，估計利得集團從買到海川重機股份之日，甚至在買到股份之前，很可能就已經開始炒作海川重機的股價了。

談紅大概也猜到了傅華心中在想什麼，便說：「你也別覺得我們這兩家公司太投機，這是大家都在做的事情，我們也不能免俗，畢竟開公司就是爲了賺錢，而不是爲了虧錢的。現在有這樣一個機會能夠挽回損失，任哪家公司都是不會放過的。」

傅華笑笑說：「你不用跟我解釋什麼，我能理解你們的立場。現在就告訴我究竟出了什麼問題好了。」

談紅說：「是這樣，我們一開始坐莊炒作海川重機的時候，進展的還很順利，可是經過兩次洗盤之後，我們才發現事情有點不對，始終有一股力量在跟我們的風，我們怎麼震盪洗盤，這股力量就是洗不出去。特別在我們拉升的時候，這股力量就會跳出來給我們製造麻煩，狙擊我們，不讓我們拉升出貨。反過來，我們打壓股價的時候，他們又在低位吸取我們的籌碼，搞得我們又不敢過分打壓股價。」

傅華說：「你們這是遇到獵莊的了。」

談紅訝異地說：「對，就是遇到獵莊的了。誒，傅華，你還挺懂行的啊，還知道獵莊這個名詞？」

傅華笑了笑說：「我師兄可是證監會的前任高官，證券業的情況，我多少也聽他談過一些。」

談紅瞅了一眼傅華，質疑地說：「不對吧，我說我們公司遇到了狙擊，你怎麼一點驚訝的表情都沒有啊？傅華，你是不是知道點什麼啊？」

傅華不好跟談紅說這件事就是湯言在背後搞的鬼，如果跟談紅說了，不但幫不了談紅，甚至有可能誤導了她。

傅華便搖搖頭說：「股市當中，像你們這種互相狙擊的情況不是很正常的嗎？我需要驚訝嗎？」

談紅點頭說：「股市中，坐莊和跟莊確實是很常見，一開始有多股跟莊，資金隨莊起舞不是什麼問題，問題是，這些跟莊資金往往都會適可而止，幾次洗盤之後就會出局。像這股跟莊資金這麼緊咬著不放的，就有些反常了。這只有兩種可能，一種可能是我們頂峰證券有他的內線，他知道我們的底牌，跟著我們建立了老鼠倉，所以才敢一直緊咬著不放；另外再有一種可能就是，他對海川重機這家公司有所圖謀，不想讓我們把股價拉升起來，想要迫使我們只能低價出售海川重機。」

從湯言發狠一定要拿下海川重機這一點上，傅華判斷應該是談紅所說的第二種可能，湯言想壓低股價，然後撿這個大便宜。這需要提醒一下談紅，讓談紅有所防備才行，畢竟利得集團當初進入海川重機，是爲了解救海川重機的困局而來的，雖然最後無功而返，傅華也不想讓他們在這上面栽太大的跟頭，那樣他感覺有點對不起朋友。

於是他笑笑說：「我想很可能有人對海川重機有所圖謀，想要借此撿個便宜。」

談紅總有一種傅華似乎知道什麼內幕消息的感覺，她看著傅華問道：「你這麼判斷可有什麼依據？」

傅華笑了笑說：「如果是你們內部人建的老鼠倉，資金不會太過雄厚，而且他既然是你們內部的人，肯定會知道你們已經開始察覺到有人在獵莊了，這時候他就應該見好就收，趕緊撤出資金，不敢繼續跟你們纏鬥。但現在的情形明顯不是這個樣子，這股力量不但洗了幾次都洗不出去，反而還趁機吸取你們的籌碼，顯見在操盤這股力量的人是一個高手，他不但識破了你們的意圖，還想從你們身上剜肉吃。想來利得集團要出售股份的事，很多人都知道了，難免就會有人趁機渾水摸魚。」

談紅聽了，點點頭說：「你這麼分析還真是有道理，現在對方完全摸準了我們的脈絡，亦步亦趨，跟著我們吃肉喝血，這傢伙真的是個高手啊。最可怕的是，現在敵暗我明，別人把我們摸得透透的，我們卻對他絲毫不知，這對我們是很不利的。傅華，你真的不知道這傢伙是誰嗎？」

傅華搖搖頭，趕忙否認說：「我真的不知道。誒，談紅，你們不能再搞一次那種什麼震盪洗盤嗎？」

談紅笑說：「你以爲想洗就洗啊？那有那麼簡單，再這麼洗下去，很容易就會引起監管部門的注意的。我們頂峰證券這幾年也是流年不利，潘總出事之後，我們在監管部門那裏就算是掛了號的，再搞出什麼大動作來，那就等著監管部門來懲戒我們吧。估計對手現在對我們的狀況很清楚，知道我們也不敢有大動作，所以才跟我們玩這個遊戲的。」

談紅雖然故作輕鬆，可是傅華可以感受到她神情的凝重，似乎有點被眼前這個局面困住了的感覺，便對眉頭緊皺的談紅說：

「談紅，我對股票除了懂幾個名詞之外，具體操作的東西都不懂，不過我想，股票的炒作不外乎是人和人之間的博弈，既然是人和人的博弈，我覺得應該是有跡可循的。」

談紅不禁看了看傅華，說：「你究竟想要說什麼啊？」

傅華委婉地說：「我是想說，我並不是想要指導你怎麼去操盤，而是你現在這種心態是沒有辦法跟那個躲在暗處的對手去博弈的。你的思路完全在他的掌控之中，他根據這個就可以判斷出你下一步想要幹什麼，這樣子你不輸才怪呢。」

談紅反問：「那你說我究竟應該怎麼辦呢？」

傅華說：「我覺得你應該反其道而行之，打破常規，不要再按照對方可以揣測出來的方式做，你要出乎他的意料之外才行。」

談紅爲難地說：「出乎他的意料之外？怎麼出乎他的意料之外啊？現在我是被人家兩頭堵死了，進退都很難。」

傅華暗示說：「我也不知道你究竟應該怎麼去操作，但是你就是不能再按照常理出牌了。比方說，對方既然猜出你們不敢搞大動作，不敢冒險，那你爲什麼就不能搞一次大動作出來呢？讓對方猜測不出你們想要幹什麼。這樣他才可能自亂陣腳，你才有機會贏。」

談紅想了想說：「你說的倒不是一點道理都沒有，不過要搞個什麼大動作出來呢？怎麼樣才能既打亂對方的陣腳，又讓我們自己比較安全呢？」

傅華笑說：「這我就幫不了你了。」

談紅說：「我剛才不是問你，我是問我自己。」看來她已經在思索要怎麼來對付這個難纏的對手了。

傅華覺得以談紅的聰明，一定能想出辦法來解決目前的困局的，就對談紅說：「那你慢慢想吧，我先回去了。」

傅華走出了談紅的辦公室，在路上，他一直在思考這件事究竟是不是湯言幹的。他現在跟鄭堅關係鬧得很僵，也不好去跟鄭堅探聽什麼消息。除了鄭堅，又沒有別的管道能夠打聽到湯言的情況。

這讓傅華有些鬱悶，如果真是湯言幹的，他對此也負有一定的責任。因爲湯言之所以會對海川重機下重手，很大程度上是因爲他，是他把利得集團想要出售海川重機股票的事透露給湯言的，湯言咬定海川重機，也是因爲傅華的原因，是傅華沒有給湯言面子，湯言才會遷怒於海川重機的。

傅華嘆了口氣，就算真的是湯言搞的鬼，他也無可奈何。這個時候就顯出他的渺小來了。湯言那句話其實是一語中的，在這件事情上，基本上他算是一個局外人，因爲他算不上事件牽涉的利得集團、頂峰證券、海川市政府、湯言這幾者中的任何一方，他只不過是個小小的駐京辦主任，並沒有決定或者改變這一切的能力，他只能做旁觀者，雖然整件事情是由他而起的。

晚上下班的時候，傅華剛走出海川大廈，就看到鄭莉的車停在樓下。

鄭莉搖下車窗，正向他招手。

他走了過去，笑說：「小莉，你怎麼來了？」

鄭莉笑笑說：「找你吃飯啊，不行啊？這位你已經見過了吧？」

傅華這才注意到在車子的後座上還有一個女人，低頭看了一下，不禁笑了，熟人啊，便點了點頭說：「湯曼小姐，湯少的妹妹嘛，當然見過了，你好。」

湯曼也俏皮的衝傅華笑了笑說：「你好啊，傅哥。我們又見面了。」

傅華上了車，好奇地問道：「你們怎麼碰到了？」

鄭莉說：「小曼去店裏找我玩，聊了一會兒之後，她說想吃鼎泰豐的小籠包，我想朝陽這邊就有一家，正好經過你這裏，就過來看看你有沒有出去應酬，結果一到這裏就看到你下來了。」

傅華笑說：「還真巧，如果你再晚一點，我就開車回家了。」

三人就去了鼎泰豐。

一進餐廳，湯曼就跟服務員說：「誒，今天的玉脂冰清還有嗎？」

服務員點頭說還有，湯曼高興地說：「我們的運氣不錯，那來一份。」

湯曼說話時，看到傅華衝著她笑，便說道：「你別笑我，我最喜歡這裏的玉脂冰清了，好吃得一塌糊塗，可是據說這個是純手工，還很難製作，所以每天數量有限，點完了就沒有了。」

傅華心想，湯曼跟湯言雖是兄妹，可是爲人和行事風格卻是大大不同，湯言陰沉，富有心計；湯曼陽光，一派的純真。

傅華便解釋說：「我沒笑你，只是覺得你跟湯少有很大的不同而已。」

湯曼笑說：「當然不同啦，他是男的，我是女的，我爸爸說他要肩負家族的重任，而我呢，只要活得愉快就好了。我最討厭像我哥哥那個樣子，擺著一副臭臉，似乎看誰都覺得不順眼。」

傅華心裏也認同湯曼的看法，可是他不好附和湯曼，便笑笑說：「湯少是因爲有個身分擺在那裏。誒，小莉，你們倆很熟啊？」

鄭莉說：「我們一起出去玩過一次，後來我跟他哥沒了往來之後，有時她就自己過來找我玩。」

湯曼在一旁說：「傅哥，你挺有本事的，能娶到小莉姐，你不知道我哥多想跟小莉姐在一起啊。」

鄭莉不太喜歡湯曼在傅華面前提湯言跟她的往事，上次在鄭堅那兒，她已經感覺出傅華心中對湯言是有一點自卑的，她怕小曼舊事重提讓傅華尷尬，便笑著瞪了一眼湯曼說：「小曼，別瞎說，我跟你哥不合適的。」

湯曼卻說：「可是我哥不是這樣子想的，他真的是很迷戀你啊，小莉姐。所以傅哥，你可不要身在福中不知福，像上回被我看到的那晚情形可不要重演了。」

傅華說：「那不過是應酬而已。」

湯曼衝著傅華壞笑了一下，說：「那倒未必吧，我看到你們好像都很享受的樣子，一個個抱著小姐，上下其手的。」

湯曼這麼一說，傅華真的尷尬了起來，他趕忙否認說：「這可不能胡說啊，我當時正想離開呢。」

傅華說完，畢竟有些心虛，就偷著去瞄鄭莉的臉色，想看看鄭莉有沒有爲此生氣。

湯曼哈哈大笑了起來，說：「好啦，傅哥，你不用去看小莉姐的臉色了，我剛才是跟你開玩笑的。其實那天的情形，我跟小莉姐一見面的時候，就都跟她說了，她早就知道你那天很規矩了。」

傅華鬆了口氣，心說這個湯曼雖然不像湯言一樣陰沉，但這種搞怪的性格也夠人喝一壺的。

鄭莉笑著說：「好了，老公，這件事你不是那天回來就跟我解釋過了嘛，所以你根本就不用緊張。」

傅華笑笑說：「我怎麼能不緊張啊，如果有人證說我不老實，那我真是跳到黃河裏都說不清楚了。」

湯曼說：「就算外面都說你怎麼樣，小莉姐不相信也是沒用的，所以你真的沒必要緊張的。」

傅華瞅了一眼這個身材玲瓏性感，貌美如花的女孩，就這麼幾句話，就把他和鄭莉的關係調動的一會兒緊張，一會兒放鬆的，不愧是湯言的妹妹啊，手腕高超，有湯言之風，甚至可能比湯言更危險。

湯言那種人一看就知道他陰險，不好對付，因此跟湯言打交道的人都會加幾分小心；而這個湯曼一副天真浪漫的樣子，誰會去防範這樣一個純真的漂亮女孩呢？

第八章

吉凶難測

張琳坐在那裏思索這個突然發生的變化。

這個突來的變化一下子打亂了他原本的佈局，讓他有點錯愕。

現在的形勢變得有點吉凶難測了，搞不懂這件事情是不是金達在背後搞的鬼，如果是的話，那對他來說就是一個凶兆了。

傅華轉頭看了看鄭莉，深情地說：「小莉，謝謝你一直以來這麼信任我。」

湯曼在一旁說：「誒誒，我還在這裏呢，你們倆要肉麻起碼也等我離開吧？你們這樣子還讓不讓我吃飯啦。」

鄭莉調侃說：「你羨慕啊，自己也找一個啊？誒，小曼，你在我這兒可消失了有一段時間了，這段時間就沒發生點什麼艷遇？比方說遇到了一個讓你動心的男孩子？有的話，可要跟我說啊。」

湯曼笑說：「我也想有啊，可是沒小莉姐這麼幸運，能遇到像傅哥這麼優秀的。」

傅華聽了，趕忙說：「小曼，我怎麼覺得你這話是在諷刺我啊，你哥行走都開邁巴赫，我根本就沒法比，你說我優秀，我可覺得當不起啊。」

湯曼不以爲然地說：「錢並不代表一切，你別提我哥了，我哥這些日子可被你氣得不輕啊，他的臉本來就有些陰，這幾天，臉更是像要打雷下雨的樣子了。」

鄭莉抬頭看了一眼傅華，說：「老公，這幾天你又去找過小曼的哥哥？我怎麼沒聽你說過啊？」

傅華趕忙解釋說：「我可沒有找他，是湯少屈尊來駐京辦看我，卻是不歡而散，我就沒跟你說了。」

湯曼說：「傅哥，你真行啊，這些年我還就看過一次我哥跟同齡的人這麼客氣過，還被你氣了個半死，回去之後，他在書房關上門，把杯子都摔了。」

傅華笑了笑，故意說：「湯少這又是何必呢，想來他的杯子肯定很昂貴了，這不是糟蹋東西嗎？」

鄭莉臉色沉了下來，她擔心傅華惹惱了湯言，湯言可不是善與之輩，說不定會做出對傅華不利的事，便說：「老公，別說這種風涼話，你又怎麼惹到湯言啦？」

傅華說：「這你可冤枉我了，我可沒想要惹他。那天他來，說捉弄我是他的意思，讓我不要去遷怒你爸。」

鄭莉不解地說：「人家這是在跟你道歉，你怎麼又惹人家生氣了？」

傅華說：「小莉，你搞錯了，湯少並沒有要道歉的意思，他只是說責任在他，而不是要跟我道歉。」

湯曼笑笑說：「這我相信，他老是那麼一副很跩的樣子。」

鄭莉也跟著笑了起來，便說：「老公，這樣聽來生氣的應該是你啊，怎麼倒是湯言被氣壞了呢？」

湯曼也奇怪地看著傅華，說：「對啊，爲什麼啊？」

傅華看了一眼湯曼，說：「誒，你哥沒跟你說嗎？」

湯曼搖搖頭說：「他回去之後，臉色就陰沉得嚇人，我可不想自己去找罵。你快說，我也很好奇，你怎麼能把我哥氣成那個樣子。」

傅華說：「湯少後來說，我不是想找人接手海川重機嗎，我告訴他，我不想參與這件事了，他就很氣惱，說我公私不分……」

傅華把那天爭吵的始末告訴鄭莉和湯曼。

聽完之後，鄭莉覺得傅華應對的並沒有什麼錯，不過礙於湯曼在眼前，她也不好說湯言的不是，就笑了笑沒說話。

倒是湯曼哈哈大笑了起來，指著傅華說：「完了，完了，你完了，除了我父親之外，還沒有人敢這麼對我哥說話，尤其是這幾年他越來越有錢之後。他一定被你氣死了，現在還不知道在想什麼法子報復你呢。」

傅華淡淡的說：「湯少能做的，無非是想辦法拿到海川重機罷了，可是那又怎麼樣呢？海川重機只是我們海川市的其中一家企業，我也只不過是個小人物而已，海川重機的命運並不由我來掌握，誰最後控制它，對我來講都沒太大的差別。你哥想利用這個打擊我，根本就是無稽之談嘛。」

傅華在湯曼面前這麼說，是想讓湯曼把話轉給湯言，希望湯言聽到這句話之後能夠罷手，不要再去做這種徒勞的事情。不過，傅華對湯言能否就此罷手心裏並沒有底，他也只是想努力幫頂峰證券一下而已，湯言對狙擊頂峰證券可能早就有了全盤的佈局，這場狙擊是一場謀劃好的博弈。因此想要湯言因爲他的這句話就罷手，可能性是很低的。

湯曼說：「傅哥，我看你比我哥更踐啊。不過你這麼說，還是不瞭解我哥，他既然說出那種話來，就一定會想盡辦法來達到目的的，所以你還是小心一點的好。」

傅華笑說：「你哥不會真的傻到爲了跟我賭氣，就要去把海川重機買下來吧？」

湯曼說：「那我就不清楚了，我哥工作上的事情我很少涉及，他會做什麼我不知道，但是我知道一點，你惹到了他，他就不會讓你好過的。」

傅華有些小失望，原本他想從湯曼嘴裏套出湯言是否在炒作海川重機的股票，可是湯曼雖然看上去大咧咧的，在關鍵點上卻是一點口風都不露。

這時玉脂冰清送了上來，其實就是杏仁豆腐，不過吃起來還真是白嫩滑膩，難怪湯曼那麼喜歡。

吃完玉脂冰清之後，他們點的蟹粉小籠陸續上來了，有了這麼鮮美的食物，三人也就不再談起湯言了。

吃完飯後，鄭莉說要送湯曼回去，湯曼笑笑說：「小莉姐，我已經佔用你一下午的時間了，怎麼還好意思再來破壞你們夫妻的浪漫時光呢。再說，你一送一回的，挺麻煩的，我還是搭計程車回去吧。」就自己搭計程車離開了。

鄭莉把她的車開了出來，兩人上了車，鄭莉開了一會兒，轉頭看看傅華說：「老公，事情不像你對湯曼說的那麼輕鬆，對吧？」

傅華苦笑說：「小莉，你看出來了？」

鄭莉說：「你一看就是有什麼心事的樣子，湯言難道真的對海川重機下手了？」

傅華說：「我也不敢肯定，只是今天談紅跟我說，說有人在海川重機的股價上狙擊他們，他們洗了幾次盤都沒將這個人洗出去，讓他們很頭疼，她問我是不是海川找到什麼買家了。因爲湯言曾經跟我發狠過，我就猜測這可能是湯言在背後搞的鬼。」

鄭莉恍然大悟說：「所以你問湯曼是不是她哥真的傻到要去買下海川重機的股份，就是在試探湯曼是不是知道這件事是湯言幹的了？」

傅華笑笑說：「我的確是這樣想的，可是這小丫頭很精明，一點口風都不露。唉，我這個人也是的，其實我在這裏面什麼都不是，就算湯言把海川重機給搞完蛋了，與我也沒什麼牽扯啊，我何必鹹吃蘿蔔淡操心呢？」

鄭莉笑了起來，說：「老公，你如果能把這件事情放下不管，你就不是你了。更何況，是你把湯言拉進這個戰局的，你大概心裏已經覺得對談紅有所歉疚了吧？」

傅華不禁笑說：「小莉，我們真是心有靈犀啊。我是心裏有點不舒服，你說我該怎麼辦呢？」

鄭莉攤了攤手說：「涼拌。」

傅華苦笑著說：「別開玩笑了好嗎？我現在一腦子漿糊呢。」

鄭莉正經地說：「我沒跟你開玩笑啊，我的意思是，既然現在你沒有什麼好辦法，那就索性作壁上觀，晾它一下好了。其實談紅也好，湯言也好，都不是什麼善類，他們做的都是違規的事，誰吃了虧都是活該。咦，老公，你不會是心疼談紅卻無法幫她，才會這麼苦惱吧？」

傅華告饒說：「好了，我們現在在商量正事呢，你就別拿這個來逗我了。」

鄭莉笑笑說：「原來你也有招架不住的時候啊。」

傅華嘆說：「我又不是什麼超人，當然有招架不住的時候了。小莉，你不知道，現在海川政治形勢很詭譎，孫守義把原來的那個公安局長給搞掉了，據說這件事是在金達的支持下才搞成的。但詭異的是，張書記在常委會上提出要免掉這個局長，反倒金達表現得很不高興，孫守義也提出了反對意見，說不調查就免職很不公平，雙方立場好像一下子來了個大改變。」

鄭莉分析說：「這有什麼好詭異的，金達和孫守義之所以反對，可能是他們還沒有做好免掉這個局長之後的佈局，想多爭取一點時間罷了。」

傅華說：「原來是這樣子啊。」

鄭莉笑笑說：「玩政治的人都是這樣子的，他們每一步都有他們利己的政治意圖，你從這個角度去分析，沒什麼分析不出來的。」

傅華開玩笑說：「小莉，看你說得頭頭是道的，不知道的人，還真會以為你是官場老手呢。」

鄭莉說：「我雖然沒經歷過這些，不過我有一個好的老師，從小就有不少的叔叔阿姨出入爺爺家，我再笨，也能從旁邊看出點門道來吧？」

傅華笑說：「這點倒不假。認真想一想，你分析金達和孫守義的心態確實很貼切。不過這越發說明他們兩人和張琳之間已經有了矛盾的跡象，如果在這個時候，海川重機重組出現問題，很可能就會成為金達和孫守義被攻擊的一個藉口。」

如果真是這樣的話，傅華就無法置身事外了，他在海川政壇是公開金達派系的人，跟孫守義更是走得很近，如果金達和孫守義真是衝突了起來，他可能首當其衝的就成為被攻擊的靶子。

湯言的出現讓複雜的局面更亂成了一鍋粥，他是海川重機重組的牽線人，到時候可能各方勢力都把攻擊的矛頭對準他，這是傅華最擔心的。

這是一個連環的反應，越往下想，傅華頭越大了，他看了看鄭莉，無助地說：「小莉，我現在還真是有點應付不過來的感覺。」

鄭莉心知傅華絕非能把事情放下不管的人，也想不出什麼辦法能夠安慰他，只好說：

「好啦，老公，你別急了，總會有辦法解決的。」

傅華也只好笑笑說：「是啊，天無絕人之路。」

海川。

張琳突然接到束濤的電話。

束濤慌張的說：「張書記，事情發生變化了。」

張琳說：「怎麼了？」

束濤說：「省廳那個朋友說，法制處的王處長不能來海川做公安局的局長了。」

張琳心裏一驚，這是他佈局海川政壇最重要的一步棋，安排好公安局長，等於穩固了他的陣營，爲了爭取時間，他甚至不惜把麥局長給放棄掉，如果最終的結果不是照他所安排的，那他可真是賠了夫人又折兵啊。

張琳說：「對方有沒有跟你講爲什麼啊？」

束濤說：「他說他們廳長對王處長改變了態度，說王處長性格太文弱，恐怕無法掌控海川現在複雜的局面。」

張琳說：「他們廳長真的這麼說？原本不是都說好了嗎？怎麼突然又變卦了？」

束濤說：「據說省公安廳是接到上級領導轉發下來的舉報信，批示說對海川市公安部門的領導者要慎選，選擇那些有能力又能鎮得住的同志出任。」

張琳心裏咯登了一下，他覺得事情有點不對勁，如果真有牽涉到海川市的舉報信被轉發到省公安廳，那領導的批示，海川這邊應該也要接到才對，可是只有省公安廳接到批示，說明省領導似乎對海川市有些不信任了。

張琳又問：「知不知道是省裏哪位領導批示的？」

束濤說：「這個對方沒倒說，不過看來，似乎是層級很高的領導批示下來的。省廳這邊就有了很大的壓力，因此省廳長覺得這時候派出個性偏弱的王處長來海川，就有些不合宜了。」

張琳聽到這裏，心裏就明白事情到這一步已是無法挽回了，既然這樣，再去糾纏在王處長身上就沒意義了，便問道：「那知不知道是誰被派來海川呢？」

束濤說：「據說是一個叫姜非的人，他原本是省廳刑偵總隊刑警大隊的副大隊長。」

張琳在腦海裏想了一下，一點印象都沒有，看來他並不認識這個人，就問道：「你有沒有打聽一下這個人的來龍去脈啊？」

束濤立即說：「打聽了，據說是在刑事方面很有能力的一個人，在省廳還破過幾個大案子呢。」

張琳希望來的是受他擺佈的人，而非一個有能力的人，因而問道：「真的確定就是他了嗎？」

束濤說：「對方並沒有說一定是他，不過可能八九不離十了。」

張琳說：「你問問對方，能不能想辦法安排接觸一下這個姜非？公安局長對我們來說是很重要的，最好能趕在他上任之前就跟他建立起良好的關係。」

束濤說：「我知道了，我馬上就去問他。」

束濤掛了電話，張琳放下話筒後，坐在那裏思索起來。

這個突來的變化一下子打亂了他原本的佈局，讓他有點錯愕。現在的形勢變得有點吉凶難測了，搞不懂這件事情是不是金達在背後搞的鬼，如果是的話，那對他來說就是一個凶兆了。

問題的關鍵並不在於人選的改變，而是那幾封被省領導批示給省公安廳的信是怎麼出來的，是海川市民不滿治安狀況，向省領導寄出的，還是有心人特別準備出來的呢？

張琳不相信這幾封信真是海川市民寄給省領導的，如果真是這樣的話，那這時間點也掐得太剛好了吧，不早不晚，偏偏正好在省廳要決定公安局長的時候出現？

他更願意相信這幾封信是被有心人設計出來的，而這個有心人就是金達無疑了。金達一定是跟郭奎說了些什麼，或者根本就是他把那些舉報信送到郭奎手裏，郭奎爲了幫助金達，這才出手的。

一定是這樣子，能讓省公安廳這麼重視的上級領導，不是省委書記郭奎，就是省長呂紀，而金達只能調動郭奎。

張琳在心中暗罵，看不出來啊，金達這傢伙也真是夠陰險的，從省裏回來的時候，還裝作受了挫折一樣，跑去忙他的海洋科技園，讓他以爲事情就這樣定局了，真是太大意了。金達這個王八蛋也不知道祖墳上冒了什麼煙，竟然會讓郭奎這麼支持他。

張琳覺得需要重新看待海川的局勢，雖然他好像還掌控著大局，可是實際上暗潮洶湧，有人開始想要搞掉他這個掌權者了。

電話再次響起，是束濤的號碼，張琳心裏沉了一下，束濤這麼快就打電話來，說明事情並不樂觀。

果然，束濤在電話那一頭說道：「張書記，對方說他跟姜非關係不是很好，沒辦法幫我們牽這個線。要不，我們再想別的辦法？」

張琳灰心地說：「算了吧，想別的辦法也沒用的，這個姜非肯定是人家推出來的，我們就是想辦法跟他見到了面，也沒辦法把他拉過來的。」

束濤說：「您的意思是，這個姜非是針對我們來的？」

張琳說：「當然啦，你想一想就明白了。對了，我讓你查海平區白灘那個旅遊度假區的事情，你查得怎麼樣了？」

張琳感覺金達既然已經開始下手對付他了，他不能再遲疑，需要也趕緊找些東西來對付金達才是。

束濤說：「我找人去調查過了，聽雲龍公司的工作人員說，金達的老婆確實是他們的顧問，還幫他們爭取到省旅遊局的重點推薦景點呢。」

張琳說：「那你還問到了什麼？比方說，金達的老婆有沒有在那裏拿過工資啊？」

束濤說：「好像沒有，我特別買通了一個雲龍公司的人，他說金達老婆沒有在他們公司領取工資什麼的。金達老婆來的時候，他們公司老總倒是給過她一點禮物，不過禮物很平常，就是一些土產之類的，其他的再沒什麼了。」

張琳聽了，不相信地說：「你沒搞錯吧？金達老婆就爲了那點土產跑到海川來做雲龍公司的顧問？」

束濤說：「我也覺得不太對勁，一定還有什麼是我們不知道的。」

張琳有些惱火地教訓說：「那就趕緊想辦法把這些我們不知道的東西給調查出來啊。束董啊，人家現在可是已經殺到我們門口來了，你再這麼不慌不忙的，恐怕真是要輸給人家了。」

束濤委屈地說：「張書記，這件事不是我不盡心，而是實在不好查啊，我問過我收買的內線，據說金達的老婆不常過來海川，總共才來了兩三次而已。也許金達老婆跟雲龍公司真沒什麼瓜葛。」

張琳叫說：「兩三次還少啊？來一次就可以把應得的好處拿走了。難道說她能天天跑來這邊上班嗎？你也不想想，如果她跟雲龍公司沒什麼私下的交易，她一次都不會來的。你那個內線行不行啊，不行的話，再找別人好了。」

束濤只好說：「那我再讓那個人加把勁。」

張琳說：「你自己掂量著辦吧。」說完就扣了電話。

原本他覺得他拿到一手對付金達的好牌，沒想到束濤折騰了半天，卻只查出金達老婆從雲龍公司弄了點土產什麼的，這不是笑話嗎？

束濤的辦事能力真是不行，一點土產，市長夫人怎麼會看在眼中啊？雲龍公司一定是花了大錢才請得動萬菊的，這個大錢一定早就在別的地方付給金達或者金達的老婆了，金達的老婆才會假惺惺的只拿一點土產回去。

這個金達還真是會玩，讓人抓不住把柄，真是高手啊。

不過既然做過，就不可能一點痕跡都不留下來，只是束濤並沒有用心去找而已，用心去找，金達的把柄一定會被找到的。

也許他應該想點別的辦法，記得當初麥局長告訴他，說這件事是海平區區長陳鵬跟他說的，看來陳鵬應該是知情者之一，是不是可以找陳鵬瞭解一下呢？

不過陳鵬跟自己的往來並不是太多，金達卻是陳鵬的頂頭上司，明顯陳鵬會更親近金達一些，貿然的去問這些似乎有點不太合適。

他猶豫了半天，覺得需要安排點過渡的橋段，才好從陳鵬那裏套出點什麼來。

晚上八點。

湯言眼睛盯著辦公室窗外高架橋上蜿蜒的車河，這個時間是車子最堵的時候。

每當湯言經歷過一次驚心動魄的股市博弈之後，他就喜歡靜靜的坐在這裏，看著外面流動的車河，平靜和喧囂都在他的眼底，什麼也不想，什麼也不做，任憑時間在身邊流逝，這個時候，他的神經才能得到最好的鬆弛。

頂峰證券似乎察覺到了什麼，突然改變了操作手法，今天一開盤就試探性的拉升，湯言意識到莊家想要倒倉了，馬上就掛出了大量的買盤。如果莊家真的是要倒倉的話，他就可以借機收取對方的籌碼，從而完全打亂莊家的佈局，亂中取勝。

但是頂峰證券的操盤手也不弱，看到湯言掛出巨量買單，神速的接連把賣單撤掉，讓他想要收集籌碼的企圖沒有得逞。

湯言很高興看到這一點，他似乎已經聞到了血腥的味道，他喜歡那種有水準的對手，對手有水準，才能激發出他最強的鬥志。如果對手一個回合就敗下陣來，那也太沒趣了。

湯言在那一刻想到的第一個問題是，不知道這裏面有沒有傅華起的作用？是不是傅華把他想要參與海川重機的重組計畫告知了頂峰證券？如果是的話，那就太好了。

湯言內心是很渴望能夠跟傅華一戰的，尤其是能在他擅長的股市操作上面。他有信心在股市上把傅華徹底擊潰，讓傅華再也無法在他面前那麼囂張。

不管是不是傅華讓頂峰證券改變操作策略的，湯言知道這一場博弈他不能輸，起碼傅華已經知道他參與了，如果輸掉的話，他會更加沒面子的。

因此今天一整天他都在緊盯著盤面，生怕漏掉頂峰證券任何細微的動作。

一天下來，電腦螢幕上、下翻飛的各種圖線讓湯言的眼睛十分的疲憊，不過頂峰證券並沒有作進一步的動作，他們在試探了不行之後，馬上就縮了回去。

湯言鬆了口氣，他已經在頂峰證券幾次打壓股價洗盤的時候，收取了不少的籌碼，現在頂峰證券不論是打壓或拉升股價，都等於是在幫他，對方打壓股價，湯言可以收取更多的籌碼；拉升股價，湯言既可以獲利了結，又能利用拋出籌碼來讓頂峰證券無法順利的拉升股價。

想到這裏，湯言不禁笑了起來，最好的狐狸也是鬥不過獵手的，他基本上可以說是穩操勝券了。不知道傅華會不會因此受到打擊啊？

實際上，湯言對這次獵莊得到的利潤並不是太看在眼中，他真正想要看到的是傅華受到打擊。

他腦海中始終忘不掉那天傅華在他面前說的那些話，當時他在傅華臉上看到的是不屑。對這樣子的一個人，你又能拿他怎麼樣呢？湯言彷彿看到傅華嘲笑地看著他說，難道成功的狙擊了頂峰證券，你湯少就神氣了嗎？

湯言的心情又開始莫名的煩躁起來了，他抓起電話，撥了號，接通之後問道：「你在哪裡？」

對方說：「我在家裏，你要過來嗎？」

湯言說：「等我，我馬上過去。」

湯言抓起車鑰匙，就衝出了辦公室，他要去找的人，是他最近認識的一個叫做曹豔的女大學生，兩人是在一次酒會上認識的。

曹豔一眼就被湯言給吸引住了，主動地投懷送抱。湯言看她模樣身材還算不錯，談吐也算高雅，兩人在一起睡過幾次之後，湯言就給了曹豔一筆錢，讓曹豔在北京買一套房子。房子寫的是曹豔的名字，湯言是想將來結束關係後，這棟房子就等於是答謝曹豔陪他度過的歡樂時光。

一個多小時後，湯言用鑰匙打開了曹豔的門，曹豔很乖巧的迎了過來，拿出拖鞋讓湯言換上，然後問道：「吃飯了嗎？」

湯言這時才意識到自己還沒吃晚飯，便笑了笑說：「還沒，你這裏有什麼吃的，給我對付一點。」

曹豔說：「正好我剛把飯做好，還沒吃呢，一起吃吧。」

湯言並不期待曹豔能夠端出什麼珍饈美味來，他什麼山珍海味沒吃過啊，現在他對吃已經沒有什麼欲望了，能填飽肚子就行，至於吃的是什麼，他並不在乎。

湯言笑笑說：「快端出來吧，叫你一說，我也有些餓了。」

曹豔端出四色小菜，看上去還清新可口，湯言說：「看來你平常生活還不錯嘛，一個人還做了四個菜。」

曹豔說：「不是爲我一個人，我有個一廂情願的想法，每天都在心裏期望你會突然出現，跟我一起吃飯，所以都會多做一點。」

湯言聽出曹豔是在跟他表露情意，但他並沒有因此被打動，他算是黃金單身漢，多少名媛對他青睞有加，向他表示愛慕的不知幾何，如果他都接受的話，會招架不住的。湯言慣常的做法是跟這些女人保持一定的距離，不討厭就在一起廝混，如果女人纏得他緊了，他就會馬上想辦法斷絕往來，遠離麻煩。

在兩人的關係中，湯言是處於主導的地位，他給曹豔設了一條規矩，就是只能他找曹豔，曹豔不准找他，所以曹豔這個想法還真是一廂情願。

湯言便顧左右而言他，說：「吃飯，吃飯，我肚子叫了。」說完，就開始吃了起來。

曹豔幽怨的瞅了湯言一眼，她不敢埋怨他，這個男人實在是太優秀了，既多金又帥氣，是女人夢寐以求的金龜婿，即使她是學校的校花，也絲毫不敢給這個男人臉色看。她擔心一旦惹惱了他，他就會離她而去。

吃完飯，曹豔給湯言泡上一杯茶，然後想去收拾碗筷。湯言卻在這個時候抓住了她的手，說：「別去忙活了，陪我坐一下，跟我說說話。」

曹豔有受寵若驚的感覺，湯言每次來，都是一進門就直奔主題，兩人在床上一番折騰之後，湯言就會馬上睡過去，早上起來又匆忙地離開，兩人除了做那件事之外，基本上很少交流。

他今天一定有什麼煩心的事，才會跑到這裏來尋求慰藉。這是一個很好加深感情的機會，曹豔就小鳥依人的坐到了湯言的身邊，壯著膽子問道：「我看你今天的臉色不太好，是不是遇到什麼麻煩了？」

湯言沒有回答，曹豔有些緊張起來，說：「你如果不想跟我說，那就不要說了。」

湯言喜歡曹豔這種像受驚了的小白兔一樣的表情，這讓他有掌控一切的感覺，便淡淡的笑了笑說：「麻煩倒是沒遇到，今天一切都很順利。」

曹豔看了看湯言，湯言的表情似乎並不是什麼都順利，她心中疑惑著，卻不敢再追問下去。

湯言說：「我知道你在困惑什麼，你在奇怪為什麼一切都順利，我還沒有一點高興的樣子。」

曹豔笑說：「我很想知道為什麼。」

湯言吐露心聲說：「我遇到了一個令我煩心的人，這個人我有點拿他沒辦法，所以才這樣子的。」

曹豔對湯言的感覺是，他幾乎無所不能，就像給她錢買這套房子一樣，曹豔很清楚，如果她是工薪階層，可能攢一輩子的錢都無法買下來，但湯言就像給她一百塊小費一樣，隨手的給了她一張支票，很平淡的說：「拿去給自己買套房子吧。」對他想從曹豔身上換取什麼，根本就提都沒提。

當時那種氣勢讓曹豔相信，自己如果拿了支票走掉，湯言也會毫不在乎的。

不過曹豔沒傻到拿著錢跑路的地步，她有更大的企圖，這個湯言是一座金礦，她怎麼會守著礦山不要，只拿一點點金砂就滿足了呢？

想不到湯言也還有解決不掉的人啊，曹豔愣了一下，說：「北京還有能讓你湯少頭疼的人嗎？」

湯言聽了，大笑起來，說：「北京是什麼地方啊，藏龍臥虎，我湯言可不敢誇口說誰都不怕的。」

曹豔崇拜地說：「你在我的眼中已經是無所不能了，能讓你頭疼的人，大概會是三頭六臂吧？」

湯言斥說：「胡說，這世界上哪有三頭六臂的人啊？讓我頭疼的這個人其實再普通不過，就是一個跟我年紀差不多的小官僚而已。」

曹豔笑了起來，說：「這很好辦吧。」

湯言好奇地說：「難道你有什麼辦法幫我對付他？」

曹豔說：「你找他的上級啊，所謂官大一級壓死人，你想辦法搞定他的上級，不就等於搞定他了嗎？」

湯言搖搖頭說：「事情哪裡會這麼簡單，這個法子我也想過，還請出他岳父來當面威脅過他，可他還是不肯屈服。」

曹豔納悶地說：「說了半天，你到底想要他做什麼啊？什麼屈服不屈服的，我怎麼聽不懂啊？」

湯言一下子被問住了，是啊，折騰了半天，他到底想要傅華做什麼啊？

一時之間，他還真的不知道這個問題的答案。傅華並不能阻止他炒作海川重機，現在傅華跟鄭莉這對夫妻親密無間，如果他打擊傅華，鄭莉不但不會跟他在一起，相反還會更恨他。

想了半天，湯言也沒有一個明確的答案，他苦笑了一下，說：「我也不知道我想要他做什麼，也許我就是想要壓他一頭吧。」

是呀，如果傅華在自己面前表現的謙卑一點，也許自己就不會這麼想要去整治他了，他已經搶走了自己心愛的女人，就算是自己搞惡作劇整他，也應該是情理中的事，他卻偏偏一副誰都拿他沒辦法的樣子，真是太可惡了。

曹豔看了看湯言，猜測說：「這人是你的情敵吧？」

湯言苦笑說：「你很聰明。」

曹豔順口說：「看樣子你在他面前是個失敗者了？」

「失敗者」三個字一說出來，湯言的臉色馬上就變了，即使事實真是如此，他也不希望聽到這三個字，尤其是從自己的女人嘴裏說出來。

曹豔不過是一個跟自己睡過幾次覺的女人罷了，什麼時候輪到她來給自己冠上失敗者的名頭了？湯言冷冷的看了一眼曹豔，說：「我湯言才不是失敗者呢，真是不知所謂。」說著，就推開曹豔想要離開。

曹豔看到湯言的臉色變了，便知道自己說錯話了，男人絕不會喜歡被叫做失敗者的，她一定是傷了他的自尊。他推開她，一定是想要離開了，她可不能放他離開，否則他有可能一去就不回頭了。

曹豔趕忙抱住湯言，連聲說：「對不起，對不起，我不該這麼說的。你千萬別生我的氣，我相信你一定有辦法能讓那個人屈服的。」

湯言看曹豔惶恐的樣子，心裏有些不忍，曹豔並沒有說錯什麼，她說的是事實，只不過這個事實戳中了他最痛的傷疤而已。

從小到大，他做什麼都是優勝者，在遇到傅華之前，他的字典裏沒有失敗這兩個字。是傅華讓他嘗到了失敗的滋味。這大概正是他和傅華之間的心結所在吧？

湯言嘆了口氣，說：「算了，也不能全怪你。」

曹豔心裏鬆了口氣，總算把這個祖宗給哄著留下來了，懸著的心是放鬆了下來，可是她的胳膊並沒有鬆開，她依偎在湯言胸前，嬌聲的說道：「你有段時間沒過來了，我真的很想你。」

湯言嗅到了曹豔身上散發出來的女人氣息，身體便有些騷動，心跳開始加快，他想到了自己原本來這兒的目的，一隻手開始在曹豔大腿根部遊走起來。

曹豔微微顫抖了一下，她的心跳開始加速，扭動著嬌軀，呻吟的說：「別鬧了，我要受不了了。」

湯言卻一點都沒停下來的意思，動作反而更猛烈了，他的雙手在曹豔身上的高山低谷之間遊走，曹豔被刺激得像蛇一樣扭動，胳膊摟住了湯言的脖子，嬌喘著在湯言耳邊說：「你真壞，還不抱我進去？」

湯言就抱起曹豔，走進了臥室，兩人撕扯著褪去了衣物，湯言越過那片茂密的森林，進入那已經一片汪洋的深澗，激流猛烈地撞擊著深澗，胸中炙熱的火崩碎成四濺的火花。

幸福和苦痛、歡樂和失望交替的刺激著湯言，讓他得到一個男人能夠得到的最大的愉悅。

第九章

劣幣驅良幣

這也就是像蘇南劉康這些商人，不論他們本身是好還是壞，
接觸到項目的第一個想法都是要如何去打通關係拿到項目。
整個社會的形勢都是這種以劣幣驅逐良幣的方式在操作，
你要獨善其身，顯然是不可能的。

激戰過後，曹豔靠在湯言的胸前，輕輕地撫摸著他。

她很喜歡他在這個時候能讓她靜靜地靠著，心中充滿了期待和幻想，她期待和幻想著終有一天，這個男人的胸膛能成為她永久停靠的港灣。

但是她知道這很大程度上只是幻想，湯言始終給她一種很疏遠的感覺，女人的第六感讓她感覺到這個男人的身體雖然跟她在一起，但是心卻並不在她身上。接下來還不知道他會在哪個女人的懷抱裏尋求慰藉呢。

她心裏酸酸地，卻不敢給湯言臉色看，就更加擁緊了他。這樣的極品男人能多擁有一刻，對她來說，就能多享有一刻的幸福。

湯言對曹豔的撫摸和擁抱並沒有什麼反應，只是直直的望著天花板，他想要的愉悅已經得到了。但這愉悅極為短暫，就像一個浪花達到最高點之後，緊接著下來就是墜落。

湯言很不喜歡這種感覺，這時候，他的心就像完全被掏空了一樣的空虛，短暫的愉悅變成了像是海市蜃樓的東西，雖然美好，卻很難被抓住。

每一次都是這樣，生理上他得到了宣洩，心理上卻越發的空虛，曹豔這種召之即來的女人，對他來說就像一杯白開水一樣，不能不喝，因為他是一個正常的男人，生理上是會饑渴的，但是喝過之後，總是有一種淡而無味的感覺。

不知道自己跟鄭莉在一起會是什麼樣子呢？她會比曹豔帶給自己更好的感覺嗎？還是

女人都一樣，事後也會淡而無味呢？

不過這些自己永遠都不可能知道，鄭莉已經被傅華擁有了，也許此刻她正在跟傅華鴛鴦交頸，在傅華的懷裏嬌喘吁吁呢。

兩人親熱的畫面一下浮現在湯言的腦海裏，一股無名火便在胸中竄了起來，他伸手去扳動曹豔的身子。

曹豔愣了一下，說：「你還要啊，剛才你已經很累了，別累壞了身子。」

湯言並不回答曹豔，只是將她的身子翻過來，曹豔光滑的脊背像緞子一樣的漂亮，這麼美的胴體卻沒讓湯言有絲毫的憐香惜玉之心，他從後面狠狠地攻進曹豔的體內，開始猛烈的撞擊起來。

曹豔被湯言猛烈的動作弄疼了，忍不住叫道：「快停下來，你弄疼我了。」

湯言卻絲毫沒有停下來的意思，相反，曹豔的聲音刺激得他更加猛烈的衝擊著。

此刻，他把身下的女人想像成是鄭莉，在心中暗叫著：爲什麼你不選我，爲什麼你不選我，傅華哪一點比我優秀了？我就不信他能比我更能給你幸福？

這些問題接連浮現在湯言腦海裏，曹豔的掙扎被他當成了鄭莉對他的反抗，越發的讓他怒不可遏，直到他把心中最後一點怒火全部爆發出來，才癱軟地倒在一邊。

這時耳邊傳來女人嚶嚶的哭泣聲，湯言轉頭一看，原來曹豔蜷縮在一邊，正小聲的哭泣。湯言意識到可能自己剛才的動作太粗魯，嚇到她了，便伸手想要撫摸一下曹豔，安慰一下她。

然而他的手一碰到曹豔的身體，曹豔便神經質地渾身顫抖起來，眼神驚恐地看著他，尖叫道：「你別碰我。」

湯言的手僵在那裏，他歉意的說：「對不起，我剛才有點失控了。你放心，我不會再這樣子對你了。」

曹豔稍微平靜了點，不過還是抱緊身體，帶著恐懼的眼神看著湯言。湯言想要去抱抱她，曹豔馬上害怕地躲開他。

湯言有些無趣，看來一時半會兒曹豔對他的恐懼是不能消除了，他再留下去也沒意思，便穿好衣服，回頭看了看曹豔，曹豔仍然蜷縮在床的一角，驚恐的看著他，他只好苦笑了一下，說：「我很抱歉，先走了，改天再來看你。」

曹豔絲毫沒有要留他的意思，湯言只好灰溜溜的離開了。

湯言發動車子回了家。他打著哈欠開了家門，就想要回房去睡覺。

「真稀罕啊，沒想到這麼晚了，我們的湯少還能回家來，沒被哪個美女給留住啊？」湯曼在湯言身後說道。

湯言聞言回頭，才注意到湯曼坐在餐廳的吧台那裏。

他看了看手錶，已經是凌晨兩點，便走了過去，看著湯曼說：「你怎麼還沒睡啊？」

湯曼說：「我剛回來，一時睡不著，就倒了杯酒來喝。」

湯言有些不滿的說：「你才回來？一個女孩子家玩到這麼晚，是不是有點過分了？」

湯曼譏諷的笑了笑，說：「誒，你有什麼立場來說我啊？你不也是剛回來？不過你今天可有點奇怪啊，通常這時候，你不是都被哪個不知道是哪裡的女人留宿了嗎？今天怎麼反常了？」

湯言笑說：「別來笑我了，今天那個女人被我惹到了，我留在那裏也沒什麼意思，就回家來了。」

湯曼看了看湯言，說：「奇怪了，除了小莉姐之外，竟然還會有女人能抵得住你湯少的魅力啊？是個什麼樣的女人啊，改天帶給我看一下？」

湯言不好說出實情，只好笑笑說：「不是你想像的那個意思，你給我也倒杯酒吧。」

湯曼就拿出杯子，給湯言也倒了杯酒，然後說：

「哥，我看你現在過的也是夜夜笙歌的生活，身邊圍著大把的女人，召之即來，揮之即去，你還有什麼不滿意的？」

湯言抿了口酒，看了看湯曼，說：「小曼，你想說什麼啊？」

湯曼笑了笑說：「這還不明白嗎？你既然不缺女人，又何必要去跟小莉姐和她老公過不去呢？其實小莉姐和她老公都是好人，人家只是不吃你這套罷了，又沒故意跟你作對，你搞三搞四的，非要炒作海川重機，不過是爲了賭一口氣，可是人家根本就沒跟你賭氣的意思，你這樣子不過是自討沒趣罷了。」

湯言納悶地說：「你怎麼知道他沒跟我賭這口氣啊？你去見過傅華了？」

湯曼點了點頭，說：「是啊，那天我去找小莉姐玩，後來跟他們夫妻一起吃的飯。」

湯言瞅了湯曼一眼，說：「你跟傅華說了我在炒作海川重機嗎？」

湯曼搖搖頭，說：「這點我沒跟他說，不過，我看他已經猜到是你做的了。」

湯言問：「你怎麼看出來的？」

湯曼說：「他試探我，說什麼你不會真的爲了賭氣，便傻到要去炒作海川重機吧？」

湯言緊張地問：「你怎麼跟他講的？」

湯曼說：「我跟他說你在做什麼我不清楚。」

湯言笑說：「我的小妹還挺精明的啊。」

湯曼說：「我們畢竟是一家人，我也不希望別人罵你傻，雖然在這件事情上，我還真是覺得你有點傻。」

湯言笑笑說：「傻就傻吧，有些時候人是得冒點傻氣的。」

湯曼忍不住說：「哥，你不會真的咬住這件事不放吧？你究竟想要對傅哥和小莉姐幹什麼啊？」

湯言看了一眼湯曼，說：「誒，小曼，怎麼連傅哥都叫出來啦，看來你對傅華的印象還真是不錯啊？」

湯曼聳了聳肩說：「傅哥確實很優秀啊，我很少看到有同齡人能在你湯少面前不卑不亢的，他們要不對你故作不屑，要麼被你的財勢壓得抬不起頭來，只有傅哥能夠保持原來的本色，雖然提起你來，他的語氣是有點酸酸的。」

湯言聽了，自豪地說：「在同齡的男人中，我是最優秀的，他提起我來冒點酸氣再正常不過了。」

湯曼扁了扁嘴，不以為然地說：「你算什麼最優秀啊？你所有的信心都是你的財富幫你支撐起來的，而你能賺到這麼多錢，雖說你沒讓爸爸幫你，但是你不能否認，爸爸的威望也幫了你很大的忙吧？」

有一個有權勢的父親的確能夠帶來莫大的好處，因為父親的威望，別人不敢做的事情他敢做，別人打不通的關係，只要他出面就能打通，還有很多說不清楚的好處。

湯言對此當然是心知肚明，他笑了笑說：「這一點我也不否認，爸爸雖然沒有直接出面幫我，他的威望是給了我很大的幫助，不過，這也要我能善加利用啊。父親有權勢的人很多，他們也不是都能像我賺到這麼多的財富啊。」

湯曼反駁說：「財富並不能代表一切，傅哥雖然沒賺到你這麼多錢，卻能讓小莉姐愛上他，說明他身上肯定有比你優秀的地方，這點你也不得不承認吧？」

湯言的臉色沉了下來，說：「胡說，我向鄭叔打聽過他們是怎麼走到一起去的，小莉跟她爺爺很親，傅華就是討得了鄭老的歡心，才把小莉騙到手的。」

湯曼冷笑一聲說：「一個男人最可悲的，就是明明已經輸了卻不敢承認。哥，我現在有點看不起你了。」

湯言臉一下子漲紅起來，指著湯曼叫道：「你，你竟然敢這麼跟我說話？」

湯曼卻絲毫沒有畏懼的意思，她瞪著湯言說：「我怎麼了？你這麼兇幹嘛？難不成你也想像對付傅哥那樣對付我啊？」

湯言還真拿這個古靈精怪的妹妹沒招，湯曼是他們一家的心肝寶貝，他打也不是，罵也不是，只好頹然的把手放了下來。

湯曼狡黠的笑說：「我就知道你沒這個膽量，你要是惹了我，爸爸可不會饒了你。」

湯言瞅了眼湯曼，有點疑惑的說：「咦，妹妹，你一個勁地誇傅華那小子，是不是喜歡上他了？」

湯曼沒想到湯言會這麼說，便有些急了，大叫道：「你別胡說，我不過是就事論事罷了。」

湯言狐疑地說：「沒那麼簡單吧，你這麼護著傅華那小子是什麼立場啊？你可別忘了，你是我的妹妹啊，不要爲了喜歡人家就胳膊肘往外拐。」

湯曼被說的臉紅了，急忙辯說：「才不是呢，你以爲我像你啊，會去喜歡一個有家室的人？」

「你……」

湯曼的話這一次真正戳到了湯言的痛腳，他抬手想要去打湯曼，終究還是下不去這個手，於是狠狠的打了自己的大腿一下，然後一言不發轉身往自己的房間走去。

湯曼感覺到自己傷到了哥哥，在後面拉了一把湯言，說：「哥，對不起，我也是一時急不擇言，你別往心裏去啊。」

湯言回頭苦笑了一下，說：「算了，我不會跟你生氣的。我很累了，回去睡覺了。你也早點休息吧。」

湯曼說：「我把酒喝掉就去睡。」

湯言回到房間，經過跟湯曼的這番談話，原本睏意十足的他反而興奮了起來，躺在床上怎麼也睡不著了。

其實湯曼說的，冷靜下來想想，是很有道理的，在爭奪鄭莉這方面，自己已經是輸到家了，再去跟傅華鬥，除了賭氣，真的沒有別的什麼理由。自己本來不是很看不起那種為了賭氣就要跟人家爭個你死我活的人嗎？怎麼事情輪到自己身上就忘了呢？

想到這裏，湯言心裏暗自決定，對炒作海川重機股份的事要見好就收，反正現在稍微炒作一下，他就會有一筆不菲的收益，雖然還沒達到預期，也足可以交代的過去了。

收手吧，就算自己再喜歡鄭莉，她也不可能成為自己的女人了，這是一場注定打不贏的戰役，沒有繼續折騰下去的必要了。

這些事情想通了，湯言這些日子的糾結都沒有了，心中不覺一陣輕鬆，也不禁覺得好笑，這陣子其實完全是自己在跟自己較勁。人原來最難過的，就是自己這一關啊。

早上，湯言一到辦公室，就安排下去，準備今天拉升海川重機的股價，然後在拉升中出貨。

按照他的設想，昨天海川重機的莊家已經開始反手拉抬股價了，他這邊再一配合，雙方合力之下，今天海川重機的股價一定會有一個亮眼的表現。

而股價上去之後，就是他收取利潤的時候，他會在高位把手中的籌碼出清掉，然後獲利了結，為這一次無謂的爭鬥畫上一個還算完美的句號。

在同一時間，傅華則是來到了頂峰證券。他昨晚接到談紅的電話，讓他早上過去頂峰證券一趟。

談紅看他來了，讓他先坐下，她把手頭的工作處理一下就跟他談。傅華就坐到了沙發上，看著談紅裏進外出的忙活著。

談紅大約忙活了半個多小時，這才到傅華身邊坐下來，抱歉地說：「不好意思啊，早上的事情太多，害你等這麼久。」

傅華笑了笑說：「沒事的，你工作起來給人一種幹練的感覺，看著一位這麼漂亮的小姐在身邊進進出出，也是一種享受。」

談紅聽了笑說：「我就把你這句話當做是一種恭維啦。好了，我們言歸正傳。傅華，我現在認真地問你，你可要老實的回答我，你真的不知道跟我們做對手莊的人是誰嗎？」

傅華搖搖頭，說：「我不很清楚，怎麼了，你還沒摸到對方的底牌嗎？」

談紅說：「還沒有，昨天我們想，反正甩不脫對方，決定索性不管他，嘗試反手要拉高股價，結果剛掛出賣盤，對手就掛出了大量的買盤，他不但不想趁著股價升高的時候出貨，反而大量的收取籌碼，顯然他的目的不是在海川重機身上賺錢，而是準備多收取海川重機的籌碼，好低價接手海川重機。這對利得集團並不是很有利，有鑒於此，我們趕緊撤下了賣盤。」

傅華對這種結果並不意外，湯言既然是這方面的高手，現在又全力想要對付他和頂峰證券，自然不會讓談紅的計畫這麼輕易得逞。便說：「對方很不簡單啊。」

談紅點點頭說：「顯然這傢伙是操盤的老手了。」

「那你們準備怎麼辦？就這麼被困在這兒？」傅華問道。

談紅說：「當然不能了，我準備按照你的建議來辦，反其道而行之。」

傅華好奇地說：「你們現在是進退兩難，無論拉抬或者打壓股價，對對手來說都是有利的，我不知道你們準備怎麼個反其道而行之啊？」

談紅笑了起來，說：「如果這個局面就能難得住我談紅，那你也太小瞧我了。」

傅華說：「我不是瞧不起你，你的能力已經是我見過的女人當中的佼佼者了。」

談紅駁斥說：「什麼女人中的佼佼者啊，我比你們這些所謂的精英男人們差嗎？」

傅華笑說：「你別挑我的語病，你比男人也不差，只是現在對手摸準了你的脈，已經吃定你了，我看不出來你還有什麼辦法能夠反其道而行之。」

談紅笑笑說：「那是你不知道我們還有一條退路。現在對手一定是覺得利得集團急需要出售手頭的股份，所以洗盤過後，一定會拉升股價，然後把手頭的股份賣個好價錢，他抓住了我們的心理，就好趁機收取我們的籌碼，壓低股價，然後逼著我們低價跟他交易。可是他忘了，我們除了選擇出手股份之外，還是有另外一種選擇的。」

傅華好奇地說：「你們還有什麼選擇啊？」

談紅說：「我們可以選擇暫時不出手海川重機的股份啊。現在對手明顯是想要趁我們急於出手之際撿便宜，我們如果按照原來的計畫進行，就會完全落於對手的算計之中了。頂峰證券和利得集團都沒那麼傻，不會按照對手設定的步驟去走的。昨天我們兩方緊急商量了一下，利得集團決定暫時放棄出售海川重機股份的計畫，決定跟對手耗一下，看看誰的耐性足。」

傅華說：「你們準備拖死對方？」

談紅點點頭，說：「是的，我們頂峰證券和利得集團手中已經握有足夠的籌碼，只要我們不出售手裏的股份，對方想掌控海川重機的圖謀就無法得逞，所以我們有足夠的本錢可以跟對手耗到底。」

傅華想了想，說：「可是對手如果看穿了你們的圖謀，你們不動的話，他也可以自己拉升股票，然後獲利了結啊，你們想要拖死對方的打算還是無法實現啊。」

談紅笑了，說：「自己拉升股價哪有那麼簡單？獲利了結，想要獵我們頂峰證券的莊，他想得倒美。我跟你說，現在我們既然看穿了他的意圖，停下了出售計畫，形勢馬上就會來個大逆轉的，不管他出於什麼意圖，他手頭的資金肯定不能長期滯留於股市中，現在主客易位，反過來是我們要獵他了，我們不讓他吃點苦頭，怎麼能對得起他呢？」

傅華說：「真的假的？你們有辦法獵他嗎？」

談紅說：「現在根據盤面判斷，對手還沒有離開，接下來將會有一連串關於海川重機的負面消息傳出來，一些媒體也會有相關報導，海川重機的股價將會暴跌，這傢伙一定會深套其中的。」

傅華知道如果利得集團暫時不急於出手海川重機的股份的話，股價跌不跌對他們的關係影響不大，就算暴跌，他們只要握緊手中的股份，少了對手的干擾，將來也會通過一定的操作再將股價拉升起來的。

估計這下子湯言可有苦頭吃了。只是談紅真的能夠掌控住媒體嗎？便問說：「你怎麼就能保證媒體會有負面的報導出來？」

談紅笑了起來，說：「我們頂峰證券在行內也算是個老券商了，如果沒幾個關係友好的媒體，豈不是白混了？今天就會有相關的報導，會有專業的分析員說明海川重機重組因爲受證監委審查，遲遲不能通過，利得集團現在經營陷入暫時困境的利空消息。你等著看吧，海川重機今天開盤，肯定有恐慌性的拋盤出來，股價如果不大跌的話，就對不起我們這番苦心了。」

傅華聽了談紅的話，心中有些隱隱的不安，感覺談紅這麼做似乎是在利用內幕消息操縱股價，便說：「我是不很懂你們這一行中的法律規定，這種操作法，不會涉嫌違規嗎？我可不希望你出什麼事啊。」

談紅開玩笑說：「你這是在擔心我嗎？」

傅華說：「你認真一點好不好？作爲朋友，我可不希望你栽在這上面。」

談紅笑說：「放心吧，我有分寸的，這也沒什麼大不了的，劵商哪一個不這麼做啊？現在這個社會，不違規是賺不到錢的。」

傅華想想也是，現在的形勢，違法的代價很低，卻能獲取暴利；守法的代價卻很高，如果所有的事情都按照法律法規去做的話，連一個機會都得不到，更別說賺錢了。

這也就是像蘇南劉康這些商人，不論他們本身是好還是壞，接觸到項目的第一個想法都是要如何去打通關係拿到項目。整個社會的形勢都是這種以劣幣驅逐良幣的方式在操作，你要獨善其身，顯然是不可能的。

湯言在辦公室裏悠閒地喝著茶，今天的他心情很放鬆，他相信海川重機一定會按照他預定的設想去進行的，接下來的操作交給手下去做就行了。

這時，一個姓王的經理推門走了進來，神色緊張的說：

「湯少，海川重機出問題了。」

湯言還沒在意，說：「會出什麼問題啊，你不要告訴我，這麼簡單的操作你們都搞不好，如果真是那樣子的話，我花那麼高的薪水請你們回來是幹嘛的？」

王經理說：「不是的，湯少，問題不在我們身上，你沒看報紙嗎？」

湯言因爲今天海川重機算是階段性的結束，因此並沒有太注意去看相關的證券報導，在他心中認爲，現在是頂峰證券和利得集團想要炒作海川重機股價的關鍵時期，這時候他們一定不會讓不利於海川重機的消息見諸媒體的。

看王經理的神情，湯言心中有了不太妙的感覺，便拿起桌上秘書剛送來的報紙，翻看了起來。

很快，他就在一家報紙的證券專版上看到了一個有名的證券分析員對海川重機的長篇分析報告，主旨完全是在唱衰海川重機的重組。

這家報紙的證券版在散戶群中有著很高的影響，分析報告又貼近海川重機的現實狀況，在這個時間點突然出現，湯言馬上意識到他今天的如意算盤是打不響了。

「有點意思啊。」湯言並沒有顯得太緊張，反而笑了笑說。

王經理看了看湯言，有點納悶地說：「那我們今天怎麼辦？開盤後，海川重機的股價肯定會跌的，我們是賣還是買啊？」

不用猜，湯言也知道這份分析報告是頂峰證券搞出來的，顯然頂峰證券改變了操作思路。他們想幹什麼呢？難道想繼續打壓股價洗盤？還是有別的意圖？如果不是打壓洗盤，又是爲了什麼？難道是想要嚇阻他這個獵莊者嗎？也不像啊。

湯言有點摸不清對手的意圖，他決定暫時什麼都不做，看看對方想要做什麼再說，於是對王經理說：「先不要妄動，看看再說。」

王經理就出去了。

湯言悠閒的心情已經沒有了，他打開電腦開始看盤。

開盤後，海川重機的股價承接昨天的行情，還維持在平盤，不過賣盤多了不少。湯言注意著股價的波動，想看看頂峰證券會不會出來吸籌拖盤。

看了一會兒，頂峰證券絲毫沒什麼要出來吸籌托市的意思，海川重機的股價就像跳水一樣，開始直線下跌。湯言就吩咐王經理小量的買進，看看能不能把股價穩定住。

接近中午的時候，大量的賣盤出現了，王經理掛出去的幾個小買單對股價絲毫沒起到支撐的作用，股價繼續加速下行。

湯言意識到頂峰證券完全任由股價下行，這可與之前他們的操作思路截然相反，有點放任不管的意思。這可有點不妙，頂峰證券這次估計是想讓股價深跌，把他這個獵莊者給套進去啊。怎麼辦，是賣出保本，還是繼續跟頂峰證券耗下去？

這時候湯言還沒意識到利得集團暫停出售海川證券的計畫，他覺得既然利得集團要出售股份，那麼像這種製造負面消息打壓股價的行爲就不會持久。

吃定了這一點，他覺得可以跟對手打這一場戰鬥，他不相信對手會比他更能耗得起。

湯言選擇了堅守，就沒有把手頭的海川重機股份出清。

其實他這時候出清的話，基本上還能小有盈利，雖然盈利微乎其微，與他湯少過往的輝煌戰績很不相符。

到收盤的時候，海川重機的股價暴跌了百分之八，險險沒有跌停。湯言並沒有慌，他目前還有盈利，也還不到慌張的時候。再說，股市漲漲跌跌乃是常事，如果跌了一天就慌到不行，那只能說明他不適合在股市上生存。

湯言不但沒有慌，相反還好整以暇。收盤後，他去買了一條鑽石項鏈。昨晚他那麼對待曹豔，心裏有些愧疚，他想把項鏈送給曹豔以作賠罪。

湯言刻意打電話給曹豔，電話響了很久才接通。

曹豔接通後便沒好氣的說：「你打電話來幹什麼，昨晚還折騰的我不夠嗎？」

湯言刻意陪笑著說：「昨晚是我過分了，可是我已經跟你道過歉了，你不會還在生氣吧？」

曹豔氣鼓鼓地說：「我當然還在生氣，你那麼折騰我，根本就沒拿我當人嘛。」

湯言耐著性子討好地說：「我昨天是煩躁了些，動作有些粗魯，你生氣是正常的，我請你吃飯當做賠罪好不好？」

曹豔卻仍不放過，說：「你想就這麼糊弄過去啊？」

湯言有些惱火，他難得跟一個女孩子這麼低聲下氣，對方竟還不領情，他沉聲說：「那你想幹什麼？要離開我嗎？」

曹豔被問住了，她費勁了心機要留住湯言這個金礦，難道就因爲他一次粗暴地對待她就放棄嗎？

湯言見曹豔不說話，便知道這個女人捨不得離開他，心裏不禁暗自搖了搖頭，這些女人爲了得到他的金錢，什麼都能忍受，真是沒骨氣。如果她們能挺起腰板說不，說不定自己會更喜歡她們。那種能在他的財富面前挺起胸膛的女人，到目前爲止，湯言僅僅只看過鄭莉一個而已。

湯言有些興味索然，便冷冷地說：「我晚上在凱賓斯基訂了位，八點鐘會到那裏，如果到時候我看不到你，我就當你確定是要離開我了。」

說完，也不聽曹豔回答，便直接掛了電話。

他知道曹豔絕不會不出現的，甚至她爲了怕自己誤會，一定會在八點前就到那裡的。

果然，湯言到凱賓斯基的時候，曹豔已經等在那裏了。

湯言沒有露出自傲的神情，而是一副鬆了口氣的樣子，對曹豔說：「幸好你來了，我真有些擔心會失去你呢。」

湯言這麼說是給曹豔臺階下，意思是他還是很在乎她的，讓曹豔不至於太委屈。這也是湯言紳士的一面，他不想讓這個跟他在一起的女人難堪。

曹豔哀怨的瞅了一眼湯言，說：「你還會在乎我嗎？」

湯言笑了笑說：「不在乎的話，我就不會打電話約你出來吃飯了。快看看我給你買了什麼？」

湯言把鑽石項鏈放到曹豔面前，然後說：「我這幾天事情多，心情有些煩躁，對你粗暴了些，希望這個能彌補一下。」

這一刻的湯言完全是一副紳士的面孔，曹豔似乎看到了一線能夠把這個男人留在身邊的希望，便溫柔地說：「我知道你是爲了工作上的事情煩心，事情總會找到解決的辦法，你願意的話，可以講給我聽。」

湯言笑了笑說：「證券這一行你不懂的。」

曹豔說：「有時候不一定要懂啊，至少我知道我心煩的時候，只要找人傾訴一下，心情就會輕鬆很多。」

湯言看了曹豔一眼，說：「你不生我的氣了？」

曹豔哀怨地說：「你該知道我對你的心，我真生你的氣的話，就不會來了。」

湯言說：「那我就放心了，我幫你把項鏈戴上吧。」

曹豔小心翼翼地說：「這項鏈應該很貴吧？我不生你的氣了，你不用送我這麼貴重的禮物的。」

湯言笑笑說：「我拿出來的東西哪有收回去的道理，乖，過來，我幫你戴上。」

曹豔不敢再違抗湯言，便乖巧的讓湯言幫她把項鏈戴上。

湯言看了看，稱讚說：「不錯，這條項鏈真的很適合你。」

曹豔高興地說：「確實很漂亮，我很喜歡，謝謝你了。」

「傻瓜，跟我就不用這麼客氣了。」湯言就拿起菜單開始點餐。

這時，電話響了起來，是鄭堅打來的，他把菜單遞給曹豔，說：「你來點吧，我接個電話。」

「鄭叔，找我有事？」湯言接通了電話。

鄭堅說：「在哪裡？」

「在凱賓斯基跟朋友吃飯呢。」湯言回說。

鄭堅笑笑說：「跟女朋友吧？」

「是啊，什麼事啊？」湯言問道。

鄭堅說：「我看了今天海川重機的盤面，覺得似乎有點狀況，你要小心了。」

湯言不以爲意地說：「一天而已，我覺得可能還是頂峰證券在打壓洗盤。」

鄭堅卻說：「我覺得不太像啊，他們已經洗過幾次盤了，應該不會像今天洗得這麼兇才對。」

湯言警覺了起來：「鄭叔的意思是？」

鄭堅說：「我覺得頂峰證券好像改變了策略，你現在炒作的基礎是認爲利得集團急於出手海川重機，可是一旦他們改變策略，暫時不出手了呢？」

湯言懷疑地說：「頂峰證券有這麼聰明嗎？」

鄭堅警告說：「那邊的人也是高手，再加上傅華可能已經知道是你在其中炒作，你可別小瞧傅華，他多少還是有些小聰明的。如果他們兩方合起來，掌握到你的意圖，他們一定會找出應對你的辦法的。」

湯言沉吟了一下，說：「我也覺得頂峰證券似乎改變了策略，不過還有些拿不準，被鄭叔你這麼一說，這種感覺倒是越發的明顯了。」

鄭堅問：「你想怎麼辦？」

湯言說：「原本我今天是想獲利了結的，現在看來似乎不太可能了。」

湯言明白，如果頂峰證券真的改變策略，明天海川重機的股價可能還會下跌，因爲頂峰證券現在的操作目標已經不是爲了出手而拉升股價，而是變成要整他一把，讓他這個獵莊者深套其中了。

鄭堅笑說：「怎麼，你不想跟他們玩下去了？」

湯言說：「是啊，昨晚小曼說了我一頓，說我就是不肯面對現實，承認自己的失敗。我認真地想了想，也是，就算我在海川重機上打敗了頂峰證券，對傅華來說，他也不會覺得我贏了他，我根本就是在跟自己賭氣，何必呢？所以我就想乾脆放手算了。沒想到今天就形勢大變，看來是我想放手，人家卻不想放手啊。現在沒別的選擇，只好繼續跟他們玩下去了。」

鄭堅笑說：「既然這樣，你想怎麼玩下去？」

湯言想了想說：「明天再看看吧，如果他們真的是想把我套進去，那我就跟他們好好玩一下。如果不是，我還是按照原定方針，獲利退出。誒，鄭叔，傅華和你女兒還沒去看你啊？」

鄭堅心酸了一下，說：「沒有，這兩個傢伙都很倔強，現在他們覺得我是在幫你欺負他們，所以是不會來看我的。」

湯言抱歉地說：「我已經跟傅華解釋過了，責任在我，沒想到他們還是遷怒於你，不好意思啊，我幫不了你了。」

鄭堅說：「你不需要不好意思，這件事我不覺得我做錯了什麼，算了，他們來不來看我，我也無所謂的，我還有周娟她們啊。好啦，不耽擱你跟女朋友吃飯了。」

鄭堅掛了電話，湯言看看曹豔，說：「菜點好了？」

曹豔笑著點了點頭，說：「是啊，我點好了，你事情談完了？」

湯言看曹豔笑得很甜，心想：她沒事幹嘛這麼高興啊？隨即就明白曹豔一定是聽到他跟鄭堅說是跟女朋友一起吃飯，認爲他承認她女朋友的身分了，所以才會這麼高興的。

這個女人啊，想法真是太天真了，他不過是隨口一說罷了，當不得真的。

不過湯言也不想去戳穿這一點，他樂得曹豔高興些，這樣兩人在一起才會很愉快的。

吃完飯，湯言把曹豔送了回去。

到了曹豔的住處，湯言讓曹豔下車，說：「早點休息吧。」

曹豔愣了一下，有點失望的說：「你不上來啊？」

湯言說：「你剛才也聽到了，我工作上的事情有些變化，晚上還有工作要做，改天再來找你。乖，上去吧。」

曹豔就探頭親了湯言一下，體貼地說：「不要工作的太累了。」就上樓去了。

湯言回到家，倒了杯酒，今天他原本是想留在曹豔那裏過夜的，可是鄭堅跟他說的情況，讓他打消了這個念頭，他需要認真地思考一下，要如何應對這個新的變化。

一定要趕緊想辦法弄清楚頂峰證券是不是真的暫停出售海川重機，如果他們真的暫停出售，自己要怎麼去應對呢？

如果真是那樣，明天開盤，海川重機一定會延續今天的跌勢，頂峰證券一定不會給自己喘息的機會，讓自己有機會把股價拉起來。所以現在的關鍵是，他是小賠出局，還是繼續堅持？

理智的判斷，應該是小賠出局的。雖然小賠，但是不會傷到元氣。但是這要被別人知道了，會笑話他湯言的。他湯言是什麼人啊，什麼時候會被別人算計了？還是被他的情敵給算計的！

這口氣湯言可咽不下去，這等於是跟傅華認輸了，不但他沒面子，鄭堅也會被弄得很沒面子的。

那是不是還有別的玩法呢？不退出，繼續跟頂峰證券耗下去，那樣就一定要把海川重機給拿下來了。湯言苦笑了一下，心說自己當初跟傅華發狠的話，現在看來還真要說到做到了。

這一點，估計頂峰證券和傅華也想不到，他們可能覺得他湯言一定會被套牢，哪知道他還有別的招數來對付他們。

傅華啊，如果真的搞成這個樣子，那可都是你逼我的，原本我可是想放手的。

可是真要拿下海川重機，就不能只是在二級市場上買賣海川重機的股份，需要想辦法跟海川市的領導們溝通一下，這可能需要跟家裏的老爺子說一下，動用官方的力量。

利得集團也需要協調，利得集團現在是絕對控股海川重機，要達到控股海川重機的目的，得不到利得集團的支持，恐怕也是很難的。

攤子眼看要越鋪越大了，原本事情沒這麼複雜，湯言是不打算驚動家裏的老爺子的，現在卻被傅華攪局，搞得還得動用老爺子出面，這讓他有些惱火。

湯言正在邊喝酒邊思考著要怎麼去做時，門開了，湯曼回來了。

湯言看了看時間，已是下半夜，湯言就有點不高興了。雖然他也是每天在外面玩得很晚，可是自己的妹妹玩成這樣，他有些接受不了。

湯言責備地說：「小曼，你怎麼回事啊，又玩到這麼晚？」

湯曼笑說：「真稀罕啊，湯少最近是怎麼了，怎麼會這麼早就在家看到你了？」

湯言不高興地說：「別嬉皮笑臉的，我問你爲什麼會玩得這麼晚？」

湯曼回嘴說：「跟朋友玩得興奮就這麼晚了。不過，我還算是好的吧，起碼我還會回家，不像你，連回來都不回來。」

湯言火了，說：「你能跟我比嗎，你是個女孩子啊，怎麼能像男人一樣在外面瘋玩呢？你跟我說清楚，你都跟些什麼人一起玩的？」

湯曼看了眼湯言，說：「你問這個幹嘛？要管我啊？你每天不都是出去跟女人風花雪月的嗎？怎麼，換到我就不行了？」

湯言正色地說：「當然不行了，你會被人佔便宜的。」

湯曼笑說：「別瞎說，能占我便宜的人還沒出生呢。」

湯言說：「你別這麼自信，真的被人占了便宜可就晚了。」

湯曼不耐煩地說：「好了，別這麼囉嗦了，給我倒杯酒。」

湯言說：「你還喝啊？」

湯曼說：「你不是也在喝嗎？你坐在這裏幹嘛啊？又在捉摸怎麼去對付傅哥了吧？」

湯言倒了杯酒，遞給湯曼，然後說：「現在不是我要去對付你的傅哥，是人家要來對付我了。」

湯曼笑了起來，說：「怎麼，你在傅哥那裏吃癟了？」

湯言苦笑說：「小曼，我可是你哥啊，我怎麼覺得你知道了傅華在對付我，你很高興的樣子啊？」

湯曼說：「我沒很高興，我只是對你有些看不慣罷了。挑事的是你，現在人家應戰了你就怕啦？」

湯言笑說：「我怕？我會怕他嗎？你等著看吧，看我怎麼打得他滿地找牙。」

湯曼扁了扁嘴，說：「看來一晚上你又憋了一肚子的壞主意了。」

湯言說：「是又怎麼樣？打架無好手，出手就應該狠一點的。誒，我警告你啊，你不要在傅華夫妻面前亂說，免得不小心說漏嘴，出賣了我。」

湯曼說：「放心吧，我不會幫著別人來對付你的。你在這裏繼續打你的壞主意吧，我回房睡覺了。」

第二天，果然不出湯言的預料，海川重機延續昨天的跌勢繼續下跌。頂峰證券仍然沒有做任何的托盤動作，任由股價下跌。有鑒於此，湯言也沒有做買和賣的動作。

但另一方面，湯言卻是動作頻頻，他開始尋找中間人跟利得集團的高層接觸，同時，他問了父親的秘書柳臻，東海省以及海川市方面有沒有接觸得上的高層領導，他要想辦法把海川市政府手裏還保有的股份想辦法給拿下來。

柳臻告訴湯言，東海省省長呂紀跟他父親關係很好，如果需要在東海省做什麼事情的話，可以去找呂紀省長，他一定會幫忙的。

湯言心想：有這個層級的領導出面，相信一定是可以拿下市政府手裏的海川重機股份的，第一步算是很順利。

利得集團方面，湯言也找到了一個很關鍵性的人物，這個人可以幫他跟利得集團的董事長建立聯繫，而且這個人對利得集團影響力十分巨大，他開出的條件，利得集團的董事長恐怕很難拒絕。

現在對湯言來說，基本上什麼都準備好了，就等收集海川重機在二級市場上低價的籌碼，然後再來啓動相應的步驟了。

而頂峰證券對此還毫無所知，依舊任由海川重機的股價下跌，湯言對此暗自感到好笑，心說：你就使勁跌吧，越是跌得厲害，利得集團能夠開價的本錢越少。

這個局越來越有意思了，本來可能是傅華想要用來對付他的，結果卻幫他減少了很大的收購成本，不知道最後解開底牌，傅華知道了這一點後，會是什麼樣的表情？估計到時候，傅華一定會把鼻子都給氣歪了。

這時候湯言不禁也開始佩服起自己來，他覺得自己才是真正的強者，懂得利用身邊一切可能的資源，達到最終的勝利。

第十章

將相失和

金達不能因為這件事情去跟張琳鬧翻。現在對他來說是一個很關鍵的點，
他需要把海川海洋科技園作為他的一項重要政績給推廣開來。
如果這時候跟張琳之間搞出一個將相失和來，他會比張琳受到更大的損害的。

東海省。

金達匆忙趕到了齊州，他跟呂紀預約了時間，要彙報海川的海洋科技園的發展狀況。

呂紀看到金達很高興，笑著說：「秀才啊，我可是等你這個彙報很久了，這件事情你可有些不地道啊，省裏的錢你拿到了，科技園這邊卻一直不讓我知道有什麼進展，怎麼，怕把先進經驗跟省裏彙報了，被兄弟縣市學了去？」

金達笑說：「呂省長，我可沒這麼奸雄，我沒來跟您彙報，是因爲海洋科技園前段時間還沒有成型。現在海洋科技園區已經形成了初步的規模，我覺得可以把相關的情況跟您做一下彙報了。」

呂紀笑笑說：「真是太好了，我洗耳恭聽。」

金達就跟呂紀作了彙報，呂紀認真地聽著，不時讚許的點點頭。

聽完彙報，呂紀又指出一些不足的地方，金達認真的做了記錄。

記錄完之後，金達看了看呂紀，誠心地說：「呂省長，我知道您很重視海洋發展戰略，能不能請您親自駕臨海川給我們指導一下。語言的表達能力總是有限的，我說的再怎麼形象，可能有些有缺陷的地方還是沒有講清楚，百聞不如一見，您到我們海川看一看，也許可以幫我們發現更多的問題。」

呂紀開玩笑說：「秀才，越來越會說話了啊。你們海川我是準備去看一看的，不過不是去找問題，而是去看看你們海川市的先進經驗的。回頭你跟省政府辦公室那邊聯繫一下，敲定個時間，我去海川一趟。」

金達高興地說：「謝謝您對我們的支持。」

呂紀笑笑說：「海洋發展戰略是我們東海省目前的重中之重，你做得好，我自然會很支持的。秀才啊，你是從我們省政府出去的人，這件事情你做得很漂亮，沒給郭書記和我丟臉。」

金達立即說：「這也是因爲有您和郭書記對我的大力支持才可以的。」

呂紀笑說：「也要你自己做得好啊。對了，你現在跟孫守義同志搭班子，相互之間配合的還好嗎？」

金達搞不清楚呂紀爲什麼問這個，也不清楚呂紀對孫守義是什麼態度，便沒有說出他對孫守義做事方式的不滿，只是說：「還算不錯，我跟守義同志很多方面的觀點是一致的，相互之間都很支持。」

呂紀聽了說：「班子裏的同志能夠相互支持就好，我常跟下面的同志說，同志之間千萬不要互相下絆子，只有相互支持，才能更好的做好工作。郭書記和我就是一個很好的例子，我們搭班子這麼多年，向來是相互支持的，東海的工作才會這麼順利。」

呂紀和郭奎的合作，確實是一個典範，兩人在省政府的時候就合作無間，郭奎做書記、呂紀做省長之後，他們之間更是配合默契，相互支持。

金達說：「我們應該跟您二位學習。」

呂紀又問：「誒，你們這個海洋科技園區發展規劃，孫守義同志有沒有參與啊？」

金達說：「這件事在守義同志來海川之前就已經開始了，一直是我在負責的，守義同志並沒有參與。」

呂紀便說：「秀才啊，你這個人，是一個實幹的人，但是呢，有些事情悶著頭自己幹是不對的。作爲一個領導，不但要懂得埋頭苦幹，還要知道抬頭看路，兩者結合，才能走得更遠。守義同志是從中央部委下來的，在中央部委那邊很有資源，你這個海洋科技園區要做好，光有市裏和省裏的資源是很不夠的，還需要中央部委的大力支持，這就需要發動起守義同志了，讓他參與進來，對這個項目的發展是有好處的。」

金達沒想到呂紀會這麼支持孫守義，只好把心中對孫守義的不滿隱藏起來，笑了笑說：「省長您說的很對，回去海川後，我會邀請守義同志參與這個項目的。」

呂紀高興地說：「那就好，有時候合作才能共贏。守義同志是中央安排到地方上來鍛煉的，上上下下對他的期望很高，跟他合作對你是有好處的。一個優秀的領導者要善於利用各方的力量，只有利用好各方面的力量，你才能有更大的進步。」

金達心裏咯登了一下，到這時候他才聽出呂紀話中想要表達的真正含義，表面上看，呂紀是在說他應該跟孫守義合作，細品之後，金達卻感覺呂紀似乎是在說他跟孫守義並沒有合作無間。

事實也確實是這個樣子，在一些關鍵的事情上，金達選擇了中立的立場，並沒有強有力的支持孫守義，而是任由孫守義跟張琳爭鬥。

難道孫守義找過呂紀了？金達心中開始打鼓，這對他來說可不是有利的。

金達便趕緊說：「省長，目前來看，我跟守義同志合作得還蠻好的。」

呂紀語重心常地說：「我不是說你跟守義同志不和，我是告訴你，要善於利用好各方面的力量。秀才啊，我跟郭書記對你都有很高的期望，相信你不會止步於目前這個狀態，你可別讓我們失望啊。」

金達有點受寵若驚的感覺，他一開始任海川市長的時候，呂紀對他並不看好，現在呂紀的態度明顯有了改變，還期許他會有更好的未來，這怎麼不讓他激動啊，他感激地說：「謝謝省長，我一定努力做出成績給您和郭書記看。」

呂紀笑笑說：「行，回去好好準備一下，省裏會把這個海洋科技園作爲重點項目來支持的。」

從呂紀辦公室出來，金達明白自己不能再像以前那樣在張琳和孫守義之間保持中立了，郭奎也好，呂紀也好，都一再暗示他們是傾向支持孫守義的，看來自己要按下對孫守義做事方式的不滿，全力跟孫守義合作。

呂紀的話很有道理，他跟孫守義合作，實際上是在利用孫守義的力量，如果到時候孫守義有什麼升遷的話，那跟他合作，第一個受益的肯定是自己。何況現在張琳跟孫守義已經處於一種對立的狀態，他很可能被孫守義那邊的力量搞掉，自己就有上升一步，接任的機會了。

金達並沒有馬上離開省政府，他去了曲煒的辦公室，他要跟曲煒敲定呂紀什麼時間去海川。

曲煒看到金達，笑了笑說：「呂省長已經通知我了，讓我跟金市長約定一下行程。金市長，你的工作越做越好了。」

金達謙虛地說：「秘書長誇獎了，海川市之所以能有今天這些成績，完全是您當初打下的基礎。」

曲煒說：「千萬別這麼說，我在海川的時候，海洋經濟還沒提上日程呢，這都是金市長你做得好啊。目前省委和省政府都很重視海洋發展戰略，這一次你的工作真是做到重點上了。」

金達笑說：「說起來，這個海洋發展戰略的成型，是得到了傅華很大的幫助，傅華是您一手帶出來的，因此您也有很大的功勞。誒，秘書長，最近傅華跟您聯繫過嗎？」

曲煒說：「前幾天我還跟他通過電話，聊了一些工作上的事情。」

金達想到傅華好像有段時間沒跟他通話了，便笑了笑說：「看來他還是跟您比較親近啊，我可是有段時間沒跟他聊過天了。」

曲煒詫異地說：「不會吧，他很多工作不是需要跟你彙報的嗎？怎麼會有段時間沒跟你聊過了呢？」

金達說：「守義同志來海川之後，駐京辦的工作他管得比較多一點，工作也多是跟守義同志彙報，這一塊我接觸的就少了。」

曲煒說：「那大概是傅華知道你忙，不想打攪你吧？好啦，不談他了，我們商量一下呂省長下去的事情吧。」

兩人就開始安排呂紀的行程，談完後，金達就離開了。

曲煒送走了金達，就撥電話給傅華，他從剛才金達的談話當中，隱隱感覺金達對傅華有些不滿意，想要提醒一下傅華。

傅華接通電話，說：「市長，找我有事啊？」

曲煒說：「傅華啊，金達剛從我這離開，我怎麼聽他的意思，你很長時間沒跟他聯繫過了？怎麼了，對他有意見了？」

傅華說：「人家現在是大市長，我怎麼敢隨便去打攪人家啊？再說，現在分管駐京辦的是孫副市長，我跟金達有點扯不上關係了。」

曲煒說：「我聽你的話裏就透露了對他有些不滿的意思了，怎麼，金達得罪你了？你們原本可不是上下級那麼簡單的關係啊？」

傅華失落地說：「原來確實不是，可是人是會變的，現在的金達高高在上，已經忘記了他原本的理念了。」

曲煒愣了一下，說：「沒有啊，我感覺他這個人還是那個樣子啊？」

傅華說：「他在你們省領導面前當然不會有什麼變化了，他要討好你們嘛。至於對我們這些下屬，人家就要拿出領導的架子來了。」

曲煒奇怪地說：「不會吧，我能感覺出來，他這個人還是不錯的。難道他給你臉色看了？就算他給你臉色看，你也應該理解的吧，畢竟他現在是市長，有些時候是需要端點架子的。」

傅華表明說：「市長，你也知道我不是那麼淺薄的人，如果簡單的一點架子，我不會計較的。」

曲煒猜測說：「你不會是因為跟孫守義走得比較近，就疏遠了金達吧？這兩個人互相並不衝突，你不需要親近一個，疏遠一個的。」

傅華說：「不是這麼回事。」

曲煒追問道：「那你說是怎麼回事啊？」

傅華欲言又止：「這個我不好說。」

曲煒說：「傅華，你不會跟我也不敢說實話了吧？」

傅華對曲煒一向尊重，曲煒這麼說，他只好說：「當然不是了，只是這件事情關乎到金達的仕途，我不知道該不該跟您透露。」

曲煒更好奇了，忍不住說：「究竟什麼事情啊？難道金達有些事情違規了？」

傅華爲難地說：「市長，這件事內情究竟如何，我也拿不太準，所以我真的不好跟你講什麼。」

曲煒有些生氣地說：「傅華，你是說我這個人信不過嗎？」

傅華說：「市長，你別誤會，我不是信不過你。那好，我跟你講。我在一個偶然的機會得知金達跟海川一家違規企業之間有勾結。」

傅華就講了金達老婆萬菊給雲龍公司做顧問的事。

曲煒愣了半天，他還真的沒料到金達會這麼做。半晌過後，他才猶豫地問：「傅華，這件事是真的嗎？」

傅華說：「當然是真的了，我一個很好的朋友就住在那邊，他跟我說的。」

曲煒說：「那你問過金達有沒有這回事了嗎？」

傅華說：「我想問來著，可是人家沒等我問出來就罵了我一頓，把我的問話都給堵回去了，根本就不給我機會。」

曲煒聽了，不敢置信地說：「這裏面不會是有什麼誤會吧？我怎麼看，金達也不像是這種人啊？」

傅華笑說：「我看也不像啊，但是我知道這件事情絕對是真的，現在的人啊，是很難把持的。」

曲煒勸說：「你先不要急著下結論，有些事情可以偽裝，有些事情根本就偽裝不來，金達就是那種偽裝不了的人，我不相信他會是你說的這樣子。也許他老婆做的事情他不知道呢？」

傅華說：「這就很難說了，夫妻間的事只有他們自己知道了。」

曲煒慎重地提醒傅華說：「這件事情關乎金達的聲譽，不要再跟別人說了。」

傅華說：「市長，您不逼我，我連您也是不會說的。您想怎麼做？幫金達遮掩這件事情嗎？」

曲煒說：「我不是要幫他遮掩什麼，我需要查證是否屬實。郭奎書記和呂紀省長對金達信賴有加，期望很高，如果不是太嚴重的事情，能保護他還是要保護他的。」

傅華失望地說：「以權謀私還不嚴重嗎？這可不是違紀，而是違法。我知道了，您是因爲金達是郭奎書記一手栽培起來的，爲了郭奎書記的面子，您是想護住金達，不讓他出事罷了。」

曲煒斥責說：「胡說，你把我當什麼人了，我只是想愼重一點對待這件事，而不是要官官相護。如果查明金達確實有違法行爲，我會跟郭奎書記講明，讓金達得到應有的處分的。可是如果不是你說的這麼回事，我也不想讓一個守原則的同志遭受冤枉。現在這個社會上，像金達這種幹部已經很少了，我不想讓他受到無辜的傷害。」

傅華低聲說：「對不起，市長，我誤會你了，其實我也不希望金達真是那個樣子，我跟他總算是共同奮鬥過，如果他能堅持原來的原則，我也不希望他受什麼傷害的。」

曲煒開導他說：「好了，不用跟我道歉了，你什麼性格我再清楚不過了。在這件事弄清楚之前，你也別跟金達搞得太生分了，現在省裏對金達很重視，他很可能更進一步，保持良好的關係對你是有好處的，知道嗎？」

傅華說：「市長，您也知道我這個人，我現在對金達心中有根刺，您讓我還像當初跟他那麼親近，顯然是很難了。」

曲煒嘆了口氣，說：「你這傢伙就這點不好啊。算了，我也不要求你什麼啦，你不要刻意去跟他保持距離就好了。」

金達回到海川後，先把孫守義找了來，跟孫守義說明呂紀要來海川調研海洋科技園的事情。講完後，金達說：

「老孫，對呂省長來海川，我們一定要做好準備工作，確保他對我們的海洋科技園能夠全面的瞭解。誒，老孫啊，你對我們這個海洋科技園是怎麼看的？」

孫守義說：「金市長，您這個海洋發展戰略是很前衛的，國際上現在都在談藍色經濟，東海省也有海洋發展戰略，對此我很看好啊。」

金達笑說：「光看好可不行啊，你也要爲這個海洋科技園出力啊。」

孫守義愣了一下，金達自從上次跟張琳因爲處分麥局長的事衝突跑回省城後，就一頭扎進了海洋科技園經驗的工作當中，按照孫守義的猜測，金達是準備拿這個海洋科技園當做一大重要政績的。

按常理來說，這種被當做政績的項目，一般是不會允許別人染指的，金達現在要他也要出力，不知道是什麼意思啊？難道他要自己也參與這個項目嗎？

孫守義笑了笑說：「我爲市裏的項目出力是應該的，您看我能做點什麼啊？」

金達說：「要發展好海洋科技園，需要雄厚的科技實力，單純靠海川市的力量是不夠的，甚至東海省的科研力量也還是不夠。」

孫守義說：「金市長的意思是想要借用首都的科研力量？」

金達笑笑說：「對啊，要說科研能力，北京才是首屈一指的，老孫，你如果能幫我們海川跟北京那些著名的大學科研部門建立聯繫，最好是能把他們拉到科技園來落戶，那對我們這個項目的幫助就太大了。」

孫守義聽了說：「北京的大學我是有些聯繫，在農業部的時候，有些項目會跟大學一起研發，要找專家學者很容易的。」

金達高興地說：「那就太好了，等這次呂省長調研過之後，你就回一趟北京，把這件事情辦一下。」

孫守義笑說：「金市長，我有個建議，既然這樣的話，我們是不是可以把海洋科技園的聲勢搞大一點？」

金達看了看孫守義，說：「可以啊，說說你的看法。」

孫守義說：「既然要去北京尋找科研力量，那乾脆我們在北京舉行一次關於海洋科技園的研討會好了，邀請省內外的專家學者出面，在北京舉行專題研討會，既能吸引專家們的注意，也能爲我們的海洋科技園營造聲勢。」

金達遲疑了一下，孫守義說的這個東西，表面上看似乎跟他說的差不多，但實際上卻根本不是一回事情。金達說的是要請來真正的技術力量；而孫守義說的，則是把專家請來誇誇其談一番，造造聲勢，對海川海洋科技園區並無實際上的幫助。金達想要的是務實，孫守義所說的卻是作秀。

金達想否定孫守義的提議，可隨即一想，自己好不容易找了一個合適的理由，能夠不著痕跡的把孫守義拉進這個項目，又何必去為了務實還是務虛，去跟孫守義鬧得不愉快呢？孫守義要幫海川海洋科技園造造聲勢也沒錯啊，這樣子也會讓別人知道海川市為發展海洋科技做了些什麼事情，這對海川市對東海省都是大大有利的。

金達便大力稱讚道：「老孫啊，你這個想法真是太好了，我怎麼就沒想到呢？你這麼一說，整個事情就越發圓滿了。你不愧是從首都下來的，看問題的視野開闊，今後我們倆可要多交流啊，讓你這麼一說，我的思路也跟著打開了。」

孫守義對金達這麼高度的讚賞有些不太習慣，他來到海川之後，金達對他一直是採取比較中立的態度，現在金達的轉變，是個好的跡象。

金達態度的轉變，是不是表明省裏對他的態度已經有所轉變了呢？是不是趙老做了些工作，讓郭奎和呂紀從保持中立轉變為強力支持他了呢？這是很有可能的。

孫守義在心裏笑了，權力的天平開始向他這一邊傾斜了，他更有信心對付束濤和孟森這幫傢伙了。

孫守義趕忙說：「看金市長您說的，海洋科技這個大戰略通盤可都是您的設想，我不過是偶有所得罷了，不及您的萬分之一啊。」

金達笑說：「老孫，你別這麼謙虛，我們的觀點是可以互補的，各有優勢。我真的很希望今後我們能多交流。」

孫守義說：「那我就跟金市長多學習了。」

金達說：「互相學習，互相學習。」

兩人看了看對方，都明白他們這是在某種程度上達成了默契，同時會心的笑了起來。

金達看了看孫守義，試探地說：「老孫，你應該聽到消息，海川市公安局長的人選是誰了吧？」

金達這時就有點要跟孫守義交心的意思了，郭奎告訴他，省裏會派一個強有力的公安局長來海川，這表明省裏不會讓張琳想要掌控海川市公安局局長人選的企圖得以實現。

孫守義知道省公安廳那邊決定派姜非出任海川市公安局局長了，他私下跟姜非見過一面，姜非跟他想像的差不多，一看就是性格很強悍的一個人。

孫守義很希望姜非這樣性格強悍的人來，才能夠很好地應對海川複雜的局面，也才能對付孟森那種狡詐的人。

金達現在這麼問，孫守義猜測金達已經知道是誰將要出任海川公安局局長了，就不好再隱瞞什麼，老實的說：「我聽說是一名叫做姜非的同志會來海川。這個人是刑警出身，能力很強啊。」

金達點頭說：「我們海川確實需要這樣一個同志來做公安局局長，有些人有些事，確實是需要整頓一下了。」

金達的表述更加明顯了，看來在對孟森這些人的態度上，他跟自己是同一立場的了。孫守義由此越發相信，趙老和郭奎呂紀經過溝通，已經達成了某種程度上的默契了。

孫守義笑笑說：「是啊，我們海川是需要整頓一下了，有些邪門歪道也需要給予嚴厲打擊。」

金達說：「對，我們前段時間對某些事情確實是過於縱容了，姜非同志到任後，是需要對海川市的治安展開整頓了。」

又是一個取得一致的地方，孫守義看了看金達，笑了笑說：「我相信這個姜非同志一定能夠完成這個使命的。」

金達心說這個人可能根本就是你選出來的，當然能幫你完成這一使命了。

他也不去點破，而是轉移了話題，說：「誒，老孫啊，我們的舊城改造項目的競標方案馬上就要出爐了，北京的中天集團現在跟你還有聯繫嗎？」

這是另一個金達關心的問題，舊城改造項目對海川來說十分重要，那些老房子留在城市中心，嚴重影響了市容，海川市目前急需改變這一局面。但是著急歸著急，金達對這個項目交給束濤並不放心，他覺得束濤並沒有這個實力完成這個項目，因此很想讓中天集團能夠將這個項目拿下來。

孫守義說：「前段時間林董跟我通過話，他們想繼續參與這個項目，不過他們可能改變策略，準備由天和房產出面爭取，中天則退居幕後。」

金達說：「這件事情上，我們對中天集團是有些虧欠的，明明是我們把人家請回來的，結果又是我們終止了談判，我們對不起人家中天集團啊。」

孫守義心想：你總算承認在這件事情上做錯了，便笑笑說：「我知道金市長您當初也是被迫同意終止談判的，林董對這一點能夠諒解的。」

金達說：「林董果然是大生意人，胸襟開闊，不過，雖然他能諒解我們，市政府這方面也不能就這樣什麼都不做就讓事情過去了。回頭在競標的時候，在合規的前提下，我們還是對中天集團和天和房地產他們多少傾斜一下，也算是對他們有所彌補吧。」

金達這是在變相的表明態度，在舊城改造項目上，他是支持中天集團和天和房產的。

孫守義便說：「我明白您的意思了，我也覺得舊城改造項目交給中天集團和天和房產比較合適。既然說起了天和房產，有個想法我想跟您彙報一下。」

金達問：「什麼想法啊？」

孫守義笑笑說：「是這樣子的，我們海川市在東海省也算是經濟大市了，但是我們市裏面的上市公司卻只有海川重機和天和房產等寥寥幾家，這似乎與我們經濟大市的形象很不相符。」

金達點了點頭，說：「是啊，我們在這一塊確實有點弱，需要強化一下。」

孫守義說：「對啊，上市公司實際上是在募集社會資金來發展我們海川經濟，是一種資本市場運作的管道，這一塊不發展起來，對我們海川經濟是很不利的。所以我建議市政府這邊是不是制定一些鼓勵和扶持上市公司的政策，例如減免公司的稅費之類的，或者給予他們一定的發展資金扶持他們公司的發展。這些政策可以形成一種帶頭效應，讓更多的公司更積極地去爭取公司上市。」

金達知道就算是不去鼓勵，很多公司也有很大的意願要爭取上市的，因爲公司上市才能實現公司跳躍性的發展。如果能制定鼓勵政策就更好了，這表明了政府對上市公司的態度，是對公司爭取上市的一個正面的影響。

金達高興地說：「老孫，你這個想法很有建設性啊，回頭你在常務會上把它提出來，我們研討一下。」

金達不知道的是，這個政策實際上是爲天和房產量身定做的，海川市上市公司本來就沒幾家，盈利的目前只有天和房產，減免稅費，得利最大的肯定是天和房產。孫守義提出這個來，是想兌現他會給予丁江父子幫助的承諾，以回報這段時間丁江父子對他的支持。

現在看金達也支持他，心裏很高興，便說：「我就知道金市長您一定會支持我這個設想的。」

金達笑說：「別給我戴高帽子了。是你的設想很好。老孫啊，前段時間你主持的催繳財政欠款的活動現在怎麼樣了？」

孫守義說：「進行的還不錯，在您的大力支持下，我們市政府頂住了一些人的說情，催繳工作貫徹到底，大部門的欠款都已經催繳上來了。」

金達聽了說：「那就可以拿出一部分給海川重機的工人們發工資了，再不發的話，海川重機的工人們又要鬧事了。這個海川重機還真是成了一個頭痛的問題，我看最近海川重機的股價慘跌，看來一時半會利得集團恐怕很難將海川重機的股份出手了。」

孫守義點點頭說：「海川重機股價下跌的事我也注意到了，也不知道利得集團在搞什麼鬼，老是這樣子下去是不行的。」

金達苦笑了一下，說：「不行我們又能怎麼辦呢？利得集團才是控股股東，海川市政府在這件事情當中已經失去主動權了。」

孫守義說：「可是總不能老是這樣子貼補下去吧？要不索性讓海川重機的債權人申請海川重機破產算了？」

金達搖了搖頭，說：「那可不行，讓上市公司破產會造成很壞的影響。再說，一旦破產，海川重機的上市公司殼資源就報廢了。」

孫守義說：「我們總不能老是被這個問題困擾著吧？」

金達也只好說：「慢慢想辦法吧。破產不是萬靈藥，事情也不是可以一下子就都解決了的。」

孫守義無奈地說：「那我們只好繼續往這個無底洞填錢了。」

金達說：「這也是沒辦法的辦法啊。」

孫守義說：「市財政可是不堪負荷啊。金市長，我想近期搞一次財稅大檢查，狠抓財稅收入，強化財政管理。」

金達看了一眼孫守義，對孫守義接連提出兩個財稅方面的建議，他感覺是很有針對性的舉措，似乎不僅僅是針對問題，某種程度上還是針對某個人或者某個公司。

金達對孫守義這種要手腕整人的方式很不喜歡，這也是他對孫守義有些反感的原因。他總覺得孫守義做事有些不擇手段。

不過去除這些目的之外，孫守義這兩個建議還是很有用的，金達既然已經決定跟孫守義結盟了，也只能克制住自己的厭惡，接受孫守義的建議。他笑笑說：「這個財稅大檢查的想法很不錯，回頭找個專門時間我們商議一下好了。」

孫守義提出這個財稅大清檢的方案，其實是針對束濤的城邑集團的，束濤既然號稱海川首富，他們在海川市的經濟活動一定很多，加上對他們的護持，他們在財稅方面肯定存在著很多的違規行爲，如果真要認真查下去的話，一定能找出問題的。

這也是一條釜底抽薪之計，你城邑集團不是要競標海川市的舊城改造項目嗎？我就先來見張琳，讓你把一下欠財政的款還清，然後看你交沒交清相關稅費，考驗一下你這個首富公司的底色，看看你有沒有真材實料，能夠來運做這個項目。

因而在跟孫守義交換了意見之後，金達找到了張琳，呂紀省長要來海川調研海洋科技園這件事必須要跟張琳說，因爲接待呂紀，張琳作爲市委書記是肯定要出面的。

張琳看到金達，說：「你有事找我？」

金達說：「張書記啊，我昨天進省，跟呂省長彙報了海洋科技園的進展情況，呂省長對我們的海洋科技園很感興趣，準備來海川做調研。」

張琳愣了一下，抬頭看了金達一眼，他心裏對金達有一種刮目相看的感覺。在海川公安局長人選上，他已經被金達打了個措手不及，原本他覺得自己算計的好好地，結果被金達不動聲色的就在省裏把他內定的人選給否了。現在金達又事先沒跟他商量，就把呂紀給請了回來，呂紀來海川之後，這傢伙的氣勢肯定見長，又會壓自己一頭，他還真是咄咄逼人啊。

原來前段時間金達的蟄伏，根本就是在暗地裏籌劃一切。還算計自己啊。還真是小看了這傢伙了。

張琳乾笑了一下，說：「金達同志，你的工作做得真是越來越到位了。」

張琳雖然說的是表揚的話，但是金達卻覺得他話裏話外都有一股酸溜溜的味道，顯見對他把呂紀請回來心裏是很不舒服的。

金達心裏冷笑了一下，這傢伙的度量還真是不大啊，他現在好像生怕自己做出成績來超越他。但是這成績是各人做各人的，有本事的話，你也可以自己做出成績給省裏看啊？一味的去防備別人算是什麼東西啊？

金達心裏對張琳更加不滿意了，他說：「也說不上到位了，這也是做好本分而已，呂紀省長對海洋科技園項目本來就很關心，還專門給我們海川市撥了不少的款，我需要給他一個交代的。」

什麼盡本分啊，金達這麼說是在諷刺自己沒有守好本分了，有了省裏的支持，這傢伙真是越來越囂張了。

張書記看了一眼金達，有心給金達一個難堪，卻又覺得在這個時機不太好。現在呂紀要來，海川市這邊的首要任務就是要接待好呂紀，如果接待不好呂紀，首要責任可是他這個市委書記的。

從自己選定海川市公安局局長人選被否定這件事情上，張琳已經隱約感覺到省裏的領導對他是有些不滿意的，如果再連接待省長的工作也做不好，讓省長對他有了看法的話，那他這個市委書記的位置可能就更保不住了。

張琳想到這裏，就笑笑說：「金達同志，我是說你的工作確實做得很好，呂紀省長能來我們海川市調研，那是他對我們海川市工作的重視，是我們海川市的榮耀。對他的接待工作一定不能馬虎，我們要馬上安排召開常委會，研究對呂省長的接待工作安排。」

金達心說這才像是一個市委書記應該做的事情，便點點頭說：「我也覺得應該馬上就召開常委會。」

張琳說：「那我就安排通知在家的各個常委，今天晚上就開會研究接待呂省長的工作行程。」

金達見要彙報的事已經彙報完了，就說：「行啊，您安排吧，我回辦公室了。」

張琳叫住他，說：「你先別急著走，有件事我想問一下，你們的舊城改造項目招標方案研究出來了沒有？」

金達看了張琳一眼，他知道張琳不會平白無故的問這件事的，他想幹什麼呢？難道他想插手干預舊城改造項目的競標嗎？

金達有一種不太好的預感，說：「差不多就要完成了，張書記問這個幹什麼？」

張琳笑了笑說：「是這樣子的，我覺得這個舊城改造項目對海川關係重大，我們市委市政府必須要給予充分重視，如果你們的方案完成了的話，應該提交給常委會談論一下，才好定下來。」

金達的臉色變了，他覺得張琳爲了幫束濤爭取到這個項目，竟然想要越權插手經濟工作，便說道：「張書記，經濟方面的具體工作應該是我們市政府分管的，上常委會討論就不必要了吧？」

張琳被噎了一下，這個金達還真是越來越強硬了，絲毫不給他這個市委書記留面子啊。他心裏冷笑一下，心說有沒有必要可不是由你說了算的，我這個市委書記才是海川市的一把手，我說了要上，那就必須要上。

張琳笑笑說：「金達同志，你別誤會，我不是想要搶你們市政府的權力，我只是覺得舊城改造項目太重要了，出了亂子的話，你我都是要負責的。爲了慎重起見，把它拿到常委會上討論應該沒什麼問題吧？這件事是特例，因爲太重要了，我覺得最好納入黨委的監督管理之下比較好。」

這已經表明他想爭奪舊城改造項目的主導權了，金達心裏就很惱火，心說你這傢伙爲了幫忙束濤的城邑集團，竟然連這種明顯會激怒別人的事情也做，真是沒有分寸啊。

但是金達也不好說市政府不能接受黨委的監督管理，他也不能因爲這件事情去跟張琳鬧翻。現在對他來說是一個很關鍵的點，他需要通過呂紀來海川調研這件事情，把海川海洋科技園作爲他的一項重要政績給推廣開來。如果這時候跟張琳之間搞出一個將相失和來，他會比張琳受到更大的損害的。

金達只能把這口氣給咽下去，便說：「既然張書記認爲黨委要監督和管理舊城改造項目，要把它的招標方案交常委會討論，那就按照您說的辦吧。」

張琳心裏暗自冷笑一聲，心說你還算知趣，沒有跟我吵，不然的話，我會把這件事情送到郭奎和呂紀面前，讓他們評評理，看看你不接受黨委的領導是對還是錯。

張琳便說：「既然金達同志同意這樣做，那等呂紀省長調研完之後，我們就開常委會，研究這個舊城改造項目吧。」

晚上，海川市常委會開會研究要如何接待呂紀，會議研究呂紀到海川之後的行程安排，確定了金達專門就海川海洋科技園跟呂紀作專題彙報，要求市委和市政府兩方面的秘書班子全力動員起來，準備金達的彙報材料……

接待上級領導來調研，對張琳來說是駕輕就熟的事情，基本上要做什麼安排，怎麼彙報，怎麼迎接等等，已經有一個約定俗成的套路在了。因此雖然常委會召開的很緊急，但研究起來卻是按部就班，很快常委會就把所有的事情給敲定了下來。

散會之後，金達和孫守義走在了一起。經過那一番敞開來的談話，金達已經跟孫守義在很多方面做了交底，互相之間對對方想要做什麼，都有了一個基本的瞭解，他們倆個都明白他們現在是目標一致，站在同一陣線上的盟友了。因此金達覺得應該把張琳想要主導舊城改造項目的事情跟孫守義說一下。

金達說：「老孫，你知道嗎？今天張書記專門跟我談了一下舊城改造項目。」

張琳專門跟金達談這件事，肯定是在這件事上又搞了什麼花樣出來，孫守義對此並不意外，開玩笑的說：「張書記又說什麼了？不會是說不競標了吧？」

金達說：「那當然不會了，張書記說對這個項目他十分的重視，要慎重對待，所以他想把招投標的方案交給常委會研究決定。」

孫守義馬上就明白張琳這麼做是幹什麼了，交給常委會研究，就讓市政府這邊少了傾向某一方競標者的操作空間，反過來，因為張琳可以主導常委會，他就可以把市政府交出的方案修改成對束濤的城邑集團有利的方案，甚至他可以借助常委會把整個項目的主動權給拿過去。

孫守義冷笑了一聲，說：「張書記為了束濤，還真是不嫌麻煩啊。」

金達笑笑說：「是啊，張書記在這件事情上太用心啦，老孫啊，這個方案既然要交常委會討論，我們市政府這邊要更慎重一些，可不要給人家挑出毛病來啊。」

這是金達提醒孫守義的真正的目的，他剛剛暗示過孫守義，制定方案的時候可以適當的照顧一下中天集團和天和房產，現在張琳要把方案交給常委會討論，市政府這邊再有什麼傾向就不合適了。

大家都是明白人，有什麼企圖一眼就能看出來，金達可不想讓張琳有機會在常委會上發作，批評市政府這一邊。

孫守義說：「我知道怎麼做的。張書記現在手伸得越來越長了。」

金達嘆了口氣，說：「他畢竟是海川市的一把手，有些方面我們還是需要尊重他一下比較好。」

孫守義抱怨說：「尊重也是相互的，我們很尊重他，但是他對我們卻根本不尊重。」

金達勸阻說：「老孫，千萬別這麼說。」

孫守義不滿地說：「我說的是事實啊。你看我們原本跟中天集團談得好好的，都接近簽約了，他一句話就把我們的心血全部給作廢掉了，這是尊重人的做法嗎？」

金達苦笑了一下，說：「我也覺得這件事情張書記做的有些冒失了，不過他說的也在理上，這件事情反正已經這樣了，你就不要再提了。」

孫守義說：「金市長，也就是你好脾氣能夠忍受得了這一點啊。」

金達笑笑說：「我不忍能怎麼辦啊？我能跟張書記去吵去鬧嗎？那樣子會讓別人覺得

我們海川市的班子不團結的。好啦，不談這個了，我們說一下你前面提到的財稅檢查的事情吧。現在市財政的形勢有些危急，進行一次財稅檢查真是十分的必要，老孫啊，既然你提出了這個建議，心裏就是有了一定的想法了，那就儘快拿出個方案來吧。拿出方案，市政府常務會議研究一下，就趕緊實施。」

孫守義笑了，金達不會不明白他提出這個財稅大檢查是針對誰的，看來這傢伙表面上似乎很維護張琳的領導權威，實際上，卻是想利用這個財稅大檢查整治一下跟張琳走得近的那些人。

孫守義說：「財稅大檢查的方案我已經有一個大概框架了，回頭拿給您看看。」

金達說：「行，拿給我看吧，這次財稅檢查一定要特別注意那些可能產生逃漏稅的重點行業，比方說房地產、娛樂業啊，這些一定要在方案中重點關注一下的。」

孫守義點了點頭，說：「我也覺得有些行業是需要重點關注的。」

兩人會心的笑了，然後分手各自回了住處。

請續看《官商鬥法》Ⅱ 4民不與官鬥

官商鬥法II 三 政治大角力

作者：姜遠方
發行人：陳曉林
出版所：風雲時代出版股份有限公司
地址：105台北市民生東路五段178號7樓之3
風雲書網：http://www.eastbooks.com.tw
官方部落格：http://eastbooks.pixnet.net/blog
Facebook：http://www.facebook.com/h7560949
信箱：h7560949@ms15.hinet.net
郵撥帳號：12043291
服務專線：(02)27560949
傳真專線：(02)27653799
執行主編：朱墨菲
美術編輯：風雲時代編輯小組

法律顧問：永然法律事務所 李永然律師
北辰著作權事務所 蕭雄淋律師

版權授權：蔡雷平
初版日期：2016年4月
初版二刷：2016年4月20日
ISBN：978-986-352-292-8

總經銷：成信文化事業股份有限公司
地　址：新北市新店區中正路四維巷二弄2號4樓
電　話：(02)2219-2080

行政院新聞局局版台業字第3595號 營利事業統一編號22759935

定價：280元　特惠價：199元

國家圖書館出版品預行編目資料

官商鬥法II / 姜遠方 著. -- 初版. -- 臺北市：
風雲時代，2016.01 -- 冊；公分

ISBN 978-986-352-292-8（第3冊；平裝）

857.7　104027995